Macs Well
*Segui il Bianconiglio*


Koi Press è un marchio editoriale di Openmind Srls
Via Volta 72, 20013 - Magenta (MI)
www.koipress.it/ebook/
ISBN 9788898313792
Foto di copertina Linda Panzardi
Progetto grafico: Koi Press

Macs Well

# Segui il Bianconiglio

KOI PRESS

*...Se tu scruterai a lungo in un abisso,
anche l'abisso scruterà dentro di te.*

Friedrich Nietzsche

# Marzo 1989, Oregon

Il vecchio Sam era uscito di buon'ora a pesca di trote con il suo fidato e stanco cane Buzz. La primavera era alle porte. La strada provinciale era stata riaperta ora che la neve si era lentamente ritirata. A parere del vecchio Sam era stato il più freddo inverno secondo solo a quello del 1952 quando, da ragazzo, era caduto nel lago ghiacciato per colpa di una scommessa con Billy Taylor.

Aveva lasciato la macchina in un campo sterrato, subito fuori la strada provinciale, avrebbe proseguito a piedi per il sentiero che gli aveva mostrato il padre anni prima. Portava con sé il secchio e la canna mentre Buzz lo seguiva come un'ombra con il pelo ispido e grigio. Uccelli annunciavano il loro passaggio sugli alberi spogli, oltre a quel suono, solo una leggera brezza di vento freddo e umido.

Al termine del sentiero, ben nascosta, c'era una rientranza con una cascata e un laghetto naturale che negli anni era diventato meta di coppiette in cerca d'intimità durante l'estate, ma in quel periodo dell'anno a parte Sam, solo Jack Silver vi trascorreva le giornate in attesa che un pesce premiasse la sua perseveranza.

«Coraggio Buzz, lascia perdere gli scoiattoli.»

Il cane era rivolto verso degli arbusti coperti dalla neve, immobile.

«Cosa ti prende?» disse tornando sui suoi passi «Andiamo.»

Buzz però non sembrava ascoltare gli ordini del padrone e iniziò a ringhiare.

Il vecchio gli accarezzò la testa e gli diede una pacca sul fianco, seguì con lo sguardo quello dell'amico.

«Oh mio Dio...»

## Quattro mesi prima.

Wolf era accasciato sul divano sfondato. Teneva gli occhi socchiusi ed era intento a martellare con le dita sulla pelle logora del bracciolo, come un vecchio pianista privo della vista. L'aria era ancora impregnata dall'odore acre di vomito di Snake e dal sudore di Bear. Il sole stava calando, Fox era uscita da poco e Newt dormiva rannicchiata nel sacco a pelo.

Un rumore di pneumatici sullo sterrato aveva interrotto quel silenzio d'attesa.

«L'hanno caricata» osservò Snake nascosto dietro la finestra.

«Andiamo» disse Wolf ai due, allacciandosi gli anfibi.

«Cosa ne facciamo di Monkey?» chiese Snake, il più giovane, rivolto verso il corpo inerte dell'amico.

«Ci penseremo dopo, dammi la borsa.»

Bear uscì dal retro e si mise al volante del pick-up facendo cigolare gli armotizzatori con la sua stazza. Wolf lo seguì al posto del passeggero. Snake chiuse la fila sul cassone tirando su il cappuccio della felpa nera.

Bear uscì dallo sterrato lentamente con i fari ancora spenti.

La volante della polizia era parcheggiata dietro a un vecchio cartellone pubblicitario ormai illeggibile. Piegata sul cofano con i pantaloni abbassati, Fox si stava facendo sbattere da due padri di famiglia in servizio.

Imboccarono la strada provinciale dopo la deviazione per i lavori in corso, proseguirono verso sud e percorsero un miglio. Era calato il buio e la stazione di polizia era deserta dopo il cambio turno.

Bear proseguì per altre quattro miglia prima di raggiungere il *Devil's*.

Quattro Harley con lo stemma del diavolo e della Vergine erano parcheggiate in fila, illuminate dall'insegna al neon rossa. Alla porta un buttafuori sorvegliava l'ingresso del locale.

«Se non ci vedi tornare entro dieci minuti...» Wolf fece una pausa rivolto a Snake che prendeva posto al volante «... sai cosa fare.»

Il ragazzo annuì.

Bear e Wolf si avviarono con la borsa di pelle nera, dal posto di guida Snake poteva vederne le sagome nere imponenti avanzare decise.

Il buttafuori, della stessa stazza, controllò che fossero puliti senza pistole o coltelli.

All'interno, in un angolo poco visibile dall'ingresso, erano seduti quattro motociclisti con due puttane al seguito. Bevevano silenziosamente delle birre con un sottofondo di musica heavy metal, curvi su loro stessi, sulle braccia avevano tatuate immagini di demoni, ciliegie, ancore e pin-up.

«Due birre» ordinò Bear al barista.

«Spina o bottiglia?»

«Bottiglia.»

Snake, al posto di guida, cercava di scaldarsi le dita sul bocchettone dell'aria calda con il viso illuminato dalla fioca luce di una sigaretta piegata.

Guardava l'orologio fissando i punti del led che pulsavano sul cruscotto. La sensazione era che ogni volta durasse un istante diverso da quello precedente.

Due contro quattro rendeva la situazione sfavorevole là dentro e, se il giorno prima Monkey non si fosse calato quel cocktail di polvere e solvente, si sarebbe sentito più tranquillo, non doveva tirare le cuoia proprio quel giorno. Lui sì che sapeva come uscire vivo dalle risse, negli anni passati in prigione aveva imparato a sopravvivere in ogni modo. *Fanculo*, pensò scuotendo la testa.

C'era un altro pensiero che lo rendeva irrequieto, più di quanto stesse accadendo là dentro.

L'immagine di Fox che lo succhiava a uno di quegli stronzi lo faceva davvero impazzire. Quell'idea di Wolf non gli era piaciuta per niente.

«Non c'è bisogno» aveva detto «hai visto come l'hanno ridotta la volta scorsa.»

«Non me ne frega un cazzo, non voglio gli sbirri nei paraggi. Fox farà la sua parte, come tutti.»

Lei lo aveva guardato cercando di rassicurarlo con un sorriso.

«Non preoccuparti Snake, mi calerò qualcosa prima. Non sentirò nulla.»

Quel ricordo venne interrotto dal passo claudicante di Bear che trascinava Wolf sul cassone del pick-up.

«Vai cazzo! Vai!»

Le ruote slittarono sul terriccio freddo prima di fare presa. Quando Snake guardò lo specchietto retrovisore l'insegna del *Devil's* era già lontana.

Giunto nei pressi del cartellone pubblicitario Snake spense le luci e proseguì lentamente. La macchina degli sbirri era dove l'avevano lasciata.

Snake strinse le nocche sul volante per la rabbia.

Avrebbe voluto scendere dall'auto e tirarli fuori per i capelli prima di pestarli a sangue con il crick, ma sul retro l'ombra di Bear gli ricordava che il suo compito era un altro.

«Che cazzo è successo là dentro?» chiese con i denti serrati mentre Bear portava Wolf dentro.

«Dobbiamo ricucirlo cazzo, porta dentro le borse.»

«Ce l'abbiamo fatta?» chiese il ragazzo con la voce eccitata e preoccupata allo stesso tempo.

«Muoviti!»

Bear lasciò stendere Wolf sul divano. Aveva una brutta ferita d'arma da taglio alla spalla che tamponava con la mano, mentre quella alla gamba era stretta con la cintura dei calzoni di Bear poco più in alto.

«Prendi del whisky e una striscia di coca» ordinò al ragazzo.

Snake iniziò a disporre una striscia sullo specchietto posto sul tavolino di legno. Tutto intorno c'erano erba, pizza e bustine di plastica ormai vuote.

Wolf tirò tutto d'un fiato e bevve senza respirare dalla bottiglia fino a farsi colare il whisky sulla lunga barba.

Bear prese un accendino e iniziò a riscaldare la lama del suo coltello fino a renderla incandescente.

«Pronto?» chiese Bear cercando lo sguardo di Wolf.

«No cazzo, ma fallo comunque» rispose guardando il soffitto ammuffito.

Bear cauterizzò pressando la lama bollente sulle ferite. Wolf imprecò e bevve ancora.

«Non hanno mangiato la foglia» iniziò a raccontare Bear fra i gemiti di Wolf.

«Hanno voluto provarle tutte?» chiese Snake seduto sul bordo della poltrona di velluto lisa.

«Già» annuì Bear «quando hanno aperto le buste contrassegnate Wolf gli ha spaccato la bottiglia in testa. Non hanno fatto in tempo a tirare fuori i ferri che gli ho fracassato il cranio, ma le due puttane non sono state da meno e hanno accoltellato Wolf. Il barista si è pisciato sotto ed è scappato.»

«Il buttafuori?» gli occhi del ragazzo erano grandi come quelli di un bambino a cui stanno raccontando una favola di eroi.

«Gli ho incassato il naso nel cranio» rispose Bear compiaciuto di sé stesso.

«I soldi?»

«Sono nella borsa» fece cenno con la testa.

Wolf si stava lentamente riprendendo dal dolore.

«Dobbiamo filarcela» disse rivolto ai due.

«Fox non è ancora ritornata» rispose Snake diretto alla finestra.

«Sono qui» rispose da un angolo buio la ragazza.

«Fox... ma abbiamo visto la macchina tornando» fece notare Snake perplesso.

«Quando hanno finito si sono rollati una canna» rispose uscendo dall'ombra.

Il suo passo era dolorante e il viso nascosto dai lunghi capelli neri rasati su un lato.

Snake le andò incontro, ma la ragazza lo tenne lontano con la mano.

«Fammi vedere cosa ti hanno fatto quei figli di puttana!»

Snake avanzò tenendola per le spalle. Il volto era tumefatto, dalle labbra un rivolo di sangue scendeva lungo il collo fino al tatuaggio sul petto.

«Li ammazzo!» urlò Snake. «Ve l'avevo detto che era

un'idea del cazzo!»

Prese dal tavolo il coltello di Bear e scese dalle scale saltando, reggendosi per il corrimano.

«Lascialo fare» disse Wolf rivolto a Bear «se vuole farsi ammazzare sono cazzi suoi, ci saranno più soldi per noi.»

Fox si stese sulla poltrona con le ginocchia unite e con le punte degli anfibi rivolte l'una verso l'altra.

Nessuno dei tre si affacciò per assistere alla scena.

Sentirono solo un rumore di vetri spaccati e uno sparo.

«Dobbiamo sparire» disse Wolf con voce stanca e dolorante mentre contava il denaro legato in rotoli di banconote di piccolo taglio. «Abbiamo lasciato troppi testimoni al *Devil's*, non appena gli altri capiranno che li abbiamo fottuti ci verranno a cercare per farci la pelle. È questione di poco. Sveglia Newt e carica tutto sul pick-up.»

«Ok» rispose Bear rivolto verso il sacco a pelo nella penombra. «Cosa ne facciamo di Monkey?»

«Lascialo dov'è.»

«Non c'è!» si voltò sorpreso Bear rivoltando il sacco a pelo.

«Chi?»

«Newt, non c'è!»

«Com'è possibile? Dove può essere andata da sola cazzo!» la voce di Wolf era allarmata. Newt non sarebbe mai uscita da sola col buio.

Rombi di motociclette echeggiavano nella serata silenziosa, ogni istante sempre più vicini.

«Dobbiamo filarcela!» urlò Fox. «Stanno arrivando!»

«Merda!» imprecò Bear.

«Andiamo! La verremo a cercare più tardi quando se

ne saranno andati» rispose Wolf trascinandosi giù per le scale.

«E se la trovano prima di noi?» la voce di Fox era spezzata.

Wolf non rispose.

Bear ingranò la marcia e con i fari spenti seguì il sentiero sterrato dietro la casa abbandonata che portava dritto verso il bosco e le cascate dei pescatori di trote.

Fiocchi di neve stavano iniziando a cadere lentamente sul manto stradale in quella che sarebbe stata la nevicata più lunga degli ultimi trent'anni.

Wolf guardava fisso di fronte a sé un punto indefinito nel buio mentre dallo specchietto retrovisore poteva intravedere il bagliore della casa abbandonata data al rogo dai Devils.

*Dove era sua sorella Newt?* Era la domanda che non riusciva a concretizzare nella sua mente offuscata.

## Marzo 1989, Nevada

La Cadillac nera si era fermata all'inizio della via prima del parcheggio delle roulotte. Erano scesi due uomini in completo nero, *FBI*, aveva pensato la vecchia Meyer seduta sulla sedia di vimini.

Gli uomini si guardarono intorno cercando di orientarsi in quel disordinato agglomerato abusivo.

La roulotte numero undici era la quarta sulla destra, i posti della sette e della nove erano vacanti.

Un cane randagio nero era legato a un albero dal fusto sottile. Alla vista dei due uomini scattò verso di loro abbaiando come un demonio.

«Finiscila brutto figlio di puttana!» urlò un vecchio dalla voce roca all'interno della dieci.

La roulotte numero undici era tenuta in condizioni fatiscenti. Il rivestimento esterno era consumato dalla ruggine. I vetri erano sporchi e unti a tal punto da non far scorgere nulla all'interno dell'abitacolo. Fuori dalla porta una cassetta con bottiglie di vino vuote si era riempita di acqua piovana mista a polvere.

Il più magro dei due si mise le mani sui fianchi, con aria di chi ha di fronte a sé una lunga giornata di merda.

Salì lo scalino e bussò alla porta in modo deciso.

«Kurt Wallace, sono l'agente speciale Smith dell'FBI. Qui con me l'agente Mellory. Avremmo bisogno di farle alcune domande.»

Dall'interno non proveniva alcun rumore, solo un forte puzzo pungente.

Alle loro spalle un rumore di bottiglia spaccata aveva messo in allerta Mellory che aveva impugnato la pistola dalla fondina sotto la giacca. Smith non si era scomposto di un millimetro, certo che dall'altra parte della porta ci fosse qualcuno indeciso sul da farsi.

«Kurt Wallace, o come preferisce farsi chiamare, Wolf, abbiamo bisogno del suo aiuto. Si tratta di sua sorella Rebecca.»

«Newt» rispose una voce profonda da dietro la porta «lei si chiama Newt.»

La porta si aprì lentamente dopo un colpo del piede di Wolf.

Era accasciato a terra con la schiena appoggiata alla parete e i capelli lunghi e arruffati come la barba. Indossava dei pantaloni neri e una canottiera bianca macchiata. Illuminata dalla luce si poteva intravedere la cicatrice sulla spalla.

In una mano impugnava una bottiglia di scotch e nell'altra una pistola a tamburo.

Smith fece cenno a Mellory di non allarmarsi. L'arma era in mano all'uomo da tanto tempo. Era carica con un solo colpo e di certo l'unica persona a cui era destinato non aveva ancora trovato il coraggio di premere il grilletto.

«Come avete fatto a trovarmi?» chiese Wolf tirandosi su dal pavimento.

«Siamo l'FBI, non ci sfugge niente» rispose Smith aiutandolo a stare in piedi «le dispiace se parliamo all'aperto signor Wallace?»

«Wolf.»

«Sì certo, Wolf.»

«Quindi?» insistette Wolf dandosi una pacca sui pantaloni.

«Cosa?» chiese sorridente Smith.

«Come avete fatto a trovarmi?»

«Abbiamo sempre saputo dove si trovasse, queste bottiglie non sono arrivate qui da sole» fece cenno Smith indicando le cassette fuori dalla porta «diciamo che preferivamo saperla qui che in qualche carcere a far casino come la volta scorsa.»

«Fox... le avevo detto di stare attenta. Non la vedo da due settimane, comunque.»

«Non credo la rivedrà più» Smith pronunciò quelle parole rivolto verso due sedie pieghevoli arrugginite. Una per lui e una per Wolf, Mellory era rimasto in piedi poco distante.

«Veniamo al sodo» disse Wolf estraendo una sigaretta dalla tasca dei pantaloni.

«Domenica» iniziò Smith facendolo accendere «è stato ritrovato da un pescatore il corpo di una ragazza poco distante dalla casa abbandonata che avete usato come covo in Oregon. Riteniamo si tratti di Reb... Newt» si corresse l'agente speciale. «Abbiamo bisogno di lei per il riconoscimento. C'è poco sul suo conto, nessuna scheda clinica, impronta dentale, ci risulta che lei sia il suo unico parente in vita.»

Lo sguardo di Wolf era assente. Aveva smesso di ascoltarlo dopo le prime parole.

* * *

L'auto proseguiva sulla statale a velocità costante. I due agenti erano seduti ai posti anteriori mentre Wolf era da solo sul posteriore. Alla guida c'era Mellory che non aveva l'aria di uno di molte parole.

Smith si era girato verso Wolf nei pressi del *Devil's*, una trentina di miglia prima di raggiungere la stanza mortuaria.

«Le racconto una storia che forse conosce già» esordì l'agente speciale per poi ritornare a fissare la strada di fronte a sé. «Un tempo su questo territorio c'erano due bande. I Devils che avevano il controllo della droga e le Bestie che si limitavano a furti e rapine. Un giorno le Bestie con la scusa di voler acquistare una grossa partita di droga, provarono a fregare i Devils e ci furono cinque morti e qualche ferito. Le Bestie riuscirono a portare a casa la refurtiva, ma il resto dei Devils li andò a cercare mettendo a ferro e fuoco il loro covo» Smith indicò un cumulo di macerie sul lato della strada. «Uno delle Bestie fu coinvolto nel rogo è morì carbonizzato. Nelle settimane successive, uno a uno i membri dei Devils vennero trovati morti ammazzati in modi disumani, come se fossero vittime della furia di una bestia impazzita. Quando anche l'ultimo di loro venne trovato morto la furia della Bestia si placò... e, cosa molto strana, anziché prendere il controllo della zona e dei traffici locali i vincitori scomparvero.»

«Nessuno può mai prevedere come si comporterà una Bestia» commentò Wolf fissando un punto indefinito nell'orizzonte.

«Già. Siamo arrivati» disse Smith slacciandosi la cintura di sicurezza.

Mellory parcheggiò sul retro della camera mortuaria della contea. Ad aspettarli c'erano anche il nuovo sceriffo e il suo vice.

Entrambi squadrarono Wolf dalla testa ai piedi con la chiara espressione di volerlo abbattere come un cane randagio, ma la presenza di Smith sembrava costringerli a mantenere un certo controllo.

Wolf si era ripreso dalle sbornie dei giorni precedenti dopo una doccia fredda. Si era cambiato e dato una sistemata alla barba, aveva provato il desiderio di presentarsi davanti al cadavere in condizioni umane.

«Ci siamo?» domandò Smith.

Wolf si limitò ad annuire poi seguì gli agenti nella camera. Era illuminata da una lampadina nuda, appesa al centro del soffitto, sopra il lettino di metallo. Alle pareti non c'erano finestre, solo celle frigorifere e scaffali metallici.

Il corpo era coperto da un lenzuolo bianco con i piedi leggermente scoperti rivolti dal lato opposto della porta.

«Non sarà un bello spettacolo. Riteniamo che la vittima sia stata torturata e seviziata prima di essere uccisa e abbandonata. Non siamo ancora certi della data del decesso, gli agenti atmosferici hanno interferito con le analisi del coroner, ma riteniamo da almeno un paio di mesi.»

«Sono pronto» disse Wolf senza pensarlo davvero. In quel momento avrebbe desiderato una bottiglia di scotch a cui aggrapparsi fino a perdere i sensi o aver avuto il coraggio di premere quel dannato grilletto per farla finita.

Mellory tirò il lenzuolo dalla testa fino ai piedi mostrando il corpo flagellato. Smith si era avvicinato al naso le dita precedentemente immerse in un olio balsamico per sopportare l'odore. La sua espressione era inespressiva, di chi non è nuovo alla follia umana.

Wolf ebbe un conato di vomito e si piegò fra gli spasmi sul lavandino. Tossì ripetutamente come a voler espellere dalla sua mente quell'immagine.

«È Newt?» chiese Smith porgendogli dei fazzoletti di carta.

Wolf annuì senza togliere lo sguardo dallo scarico del rubinetto metallico.

«Inseriscilo nel dossier» ordinò Smith a Mellory «puoi ricoprire grazie.»

«Chi è stato?» domandò Wolf una volta usciti nel parcheggio.

«Stiamo ancora investigando. Al momento però non abbiamo ancora una pista concreta, stiamo raccogliendo informazioni. Ora che l'identità è stata accertata dovremmo farle delle domande alla centrale di polizia.»

Lo sguardo di Wolf si era irrigidito al suono di quelle ultime parole. Non si fidava di nessuno, tanto meno degli sbirri dai modi gentili.

«Le faremo solo domande inerenti a Newt, non ci sarà bisogno di raccontarci del resto nella deposizione. Abbiamo bisogno di tracciare un profilo delle vittime per ricavare quello dell'assassino.»

«Poi sarò libero?» domandò Wolf diffidente.

«Le pagheremo una stanza in un motel e il biglietto di ritorno in autobus per domani mattina.»

«Cosa ne sarà di... ?» domandò Wolf.

«Il corpo è sotto la giurisdizione dell'FBI, finiti gli accertamenti provvederemo a un funerale d'ufficio. I moduli sono già pronti alla centrale.»

«Vorrei che venisse cremata.»

«Non vedo nessun problema al riguardo» annuì Smith sistemandosi la cravatta nera sulla camicia bianca.

Durante la deposizione Wolf venne fatto sedere in una stanza senza finestre. Oltre a Smith e Mellory era presente anche lo sceriffo.

L'agente speciale appoggiò sul tavolo il registratore portatile e premette il pulsante rosso. Wolf vide la bobina del nastro muoversi senza udire nessun rumore meccanico.

«Kurt quando è stata l'ultima volta che ha visto Rebecca viva?» chiese Smith prendendo nota su un blocco di fogli a righe.

«Tre mesi fa, lo stesso giorno in cui c'è stata la grande nevicata. Era il tramonto e stava dormendo nel sacco a pelo come faceva spesso» rispose Wolf.

«L'ha vista chiaramente in viso? Poteva essere che fosse stato riempito con vestiti o altro per far sembrare ci fosse qualcuno all'interno?»

«Era male illuminato, non ne sono sicuro.»

«Rebecca usciva di casa da sola o aveva amici al di fuori delle persone che vivevano con voi?»

«Andava solo in chiesa. Era l'unico luogo dove poteva andare da sola.»

«In che senso "poteva"?» interruppe lo sceriffo rimasto fino ad allora in silenzio nell'angolo.

Smith fece cenno a Wolf di rispondere.

«Era sordomuta dalla nascita, non mi fidavo a farla andare in giro da sola» rispose con lo sguardo di sfida.

«Bella compagnia...» commentò sottovoce lo sceriffo,

ripreso subito da Smith con una semplice alzata di mano.

«C'erano persone con cui Rebecca aveva a che fare? Gente di chiesa ad esempio. Qualcuno di cui si potesse fidare, a cui avrebbe potuto dare confidenza senza insospettirsi» proseguì Smith.

«Non credo e comunque non comunicavamo molto. Fox era l'unica con cui aveva un rapporto di confidenza. Le parlava e lei rispondeva scrivendo su un quaderno.»

«Ha ancora quel quaderno?»

«Sarà andato bruciato nell'incendio.»

«Le risulta sia stato rinvenuto un quaderno o un diario, sceriffo?» chiese Smith senza voltarsi.

«No» rispose lo sceriffo in modo seccato.

«Era una persona socievole Rebecca? Crede possa aver dato confidenza a uno sconosciuto?»

«Viveva in un mondo tutto suo ma non era spaventata da ciò che la circondava, anzi era molto curiosa e attenta. Lo è sempre stata fin da piccola.»

«Rebecca faceva uso di sostanze stupefacenti o alcol?» Smith pronunciò la domanda senza la minima traccia di empatia.

«Era pulita. Nessuno della banda aveva il permesso di farla avvicinare alla roba.»

«Trovo curiosa la scelta del suo nome, nella vostra banda tutti avevate il nome dell'animale tatuato sulla schiena, perché allora si faceva chiamare Newt e non Rabbit?» Smith aveva preso dal fascicolo alcune foto e le stava osservando.

L'espressione di Wolf era diventata confusa.

«Ma di cosa sta parlando? Newt non aveva tatuaggi ha sempre avuto paura degli aghi. Il nome se l'era dato da sola. Le piacevano i film di fantascienza e in uno di alieni la bambina protagonista si chiamava Rebecca, come lei, ma si faceva chiamare Newt.»

Smith alzò lo sguardo e lo fissò perplesso. Poi girò verso Wolf una fotografia che ritraeva un coniglio come quello della favola di *Alice nel paese delle meraviglie*.

"Segui il Bianconiglio" riportava la scritta in caratteri gotici.

«È impossibile...» sussurrò Wolf.

«Potrebbe essere stata costretta a farlo dalla persona che l'ha uccisa» commentò Smith.

Wolf picchiò il pugno sul tavolo con forza. La rabbia fino ad allora repressa lo stava annebbiando. La bestia dentro di lui stava prendendo il sopravvento.

«Questo particolare è un punto di inizio importante per l'indagine. Forse altre vittime mostrano lo stesso tatuaggio. Mellory, invia le foto a Quantico e richiedi una ricerca nel database nazionale negli ultimi cinque anni. Sceriffo avvisi il medico legale che lo aspetterò nella sala mortuaria fra mezz'ora. E faccia accompagnare il signor Wallace al motel da uno dei suoi.»

«Come vuole» rispose lo sceriffo uscendo dalla stanza.

«Domani mattina la passerò a prendere per accompagnarla alla stazione degli autobus. Se avrò qualche notizia in più glielo farò sapere» Smith si alzò dalla sedia e uscì con Mellory.

«Mi segua» ordinò il vice sceriffo.


L'auto di pattuglia superò il motel e si fermò nei pressi della casa incendiata. Poco più avanti sulla stessa strada c'era il cartellone dove Snake aveva colto alla sprovvista i due sbirri.

Lo sceriffo e il suo vice scesero dall'auto, aprirono il portabagagli e presero delle mazze da baseball.

«Non ti conviene opporre resistenza figlio di puttana» disse lo sceriffo aprendo la portiera con la pistola puntata verso Wolf.

* * *

Smith e Mellory erano seduti in auto di fronte la sala mortuaria in attesa che il medico legale arrivasse.

Mellory sorseggiava un caffè take away mentre Smith fumava una sigaretta con il finestrino parzialmente abbassato toccandosi il viso ruvido con la mano.

«Non mi fido di Wallace, per quanto ne so potrebbe essere stato lui stesso a far fuori la sorella. È gente capace di tutto sotto effetto di acidi e alcool. Perché non lo sbattiamo in galera e buttiamo la chiave? In ogni caso faremmo un favore alla società...»

«Ti racconto una storia Mellory» rispose Smith voltando lo sguardo verso il compagno. «C'era una volta un ragazzino orfano dalla nascita che venne affidato a diverse famiglie dalle quali venne cacciato e rispedito al mittente, dopo qualche mese, per via della sua aggressività. All'età di quattordici anni visse sotto i ponti insieme ai senzatetto campando di espedienti e piccoli furti, forse facendo marchette a qualche vecchio pervertito. Venne arrestato per aver rubato un portafoglio e si fece un anno di riformatorio dove fu vittima di un'aggressione, da parte di un gruppo di ragazzi più grandi, che lo costrinse su un letto per un mese. Una volta uscito scappò dalla casa famiglia alla quale era stato assegnato. Durante una notte d'inverno, affamato e stremato, si rifugiò in una parrocchia cercando di scassinare la cassetta delle offerte. Il reverendo Wallace lo scoprì e gli porse la chiave per aprila con più facilità. Kurt, che fino ad allora era sempre stato diffidente verso gli adulti, fu colpito dalla bontà di quell'uomo che lo invitò a cena a casa sua insieme a sua moglie e sua figlia Rebecca, sordo-muta dalla nascita. Gli offrì un posto dove restare per la notte e quelle a venire. Il reverendo Wallace prese a cuore il destino di quella pecora lontana dal gregge e ne chiese l'affidamento prima e l'adozione poi. In quegli anni Kurt Wallace cercò di trattenere la sua rabbia guidato dal reverendo, ma un giorno un gruppo di ragazzi ubriachi prese in giro Rebecca scimmiottando la sua malattia. Kurt spezzò la mascella a uno dei ragazzi e lo fece entrare in coma per i traumi ricevuti. Da poco maggiorenne, venne condannato per aggressione e scontò quattro anni nella prigione di Stato. Visti i suoi precedenti non godette di nessuno sconto di pena. Il reverendo Wallace andò a trovarlo tutti i mesi ma Kurt non volle mai incontrarlo per la vergogna di averlo deluso. In prigione fece conoscenza con Russell Warner, Bear, e Francis Jackson, Monkey, che dovevano scontare altri cinque anni per rapina a mano armata e aggressione. La mattina in cui era previsto il suo rilascio venne a sapere che il reverendo aveva avuto un incidente sulla strada del penitenziario ed era morto. Kurt tornò a casa e cercò un lavoro per aiutare la famiglia Wallace ma con i suoi precedenti tutti gli voltarono le spalle. Si accontentò dei lavori più umili, ma la sua indole ribelle lo faceva cacciare dopo poco da ogni posto. Quando Warner e Jackson vennero rilasciati si diedero alle rapine negli uffici postali e stazioni di servizio. Si pensa che passasse dei soldi alla vedova Wallace ignara della provenienza. Alla banda si unirono James Silver, Snake, Elisabeth Portman, Fox, e Stuart Sullivan, Bull, in quella che restò negli anni a venire la formazione. Dopo quattro anni la vedova Wallace morì per un cancro al pancreas. Kurt, che si era imposto come capobanda, prese con sé la sorella adottiva che ai tempi aveva da poco compiuto ventiquattro anni.»

«Ciò non significa nulla, resta comunque un folle violento» commentò stizzito Mellory. «La storia non è finita» aggiunse con sguardo di ammonimento. «Una sera Bull rientrò ubriaco e provò a molestare Rebecca. Fox lo impedì e quando Wolf venne a saperlo l'altro venne trovato appeso per il collo sul ponte della ferrovia. "Suicidio" fu inserito nel rapporto della polizia. Mellory, su una cosa hai ragione, quell'uomo è capace di atrocità pari solo a una bestia assassina, ma quella ragazza era tutto ciò che aveva. Non si sarebbe mai perdonato una seconda volta di deludere il reverendo, di questo ne puoi stare certo. Per questo motivo non lo mettiamo ancora dentro, spesso solo una bestia può catturarne un'altra...»

«Tutte queste cose non sono nel suo fascicolo, come fai a conoscerle?» chiese Mellory perplesso.

«Diciamo che ho fatto una lunga chiacchierata con Fox, come ha detto anche Wallace, Rebecca era in confidenza con lei e le aveva raccontato la storia di Kurt. Ci siamo.» Smith scese dalla macchina indossando la giacca che aveva tenuto appesa nel retro. «La ringrazio per la disponibilità dottore, abbiamo uno sviluppo nelle indagini che richiede il suo contributo.»

* * *

Wolf era entrato nella piccola stanza del motel. Carta da parati scollata e linoleum mal posato rendevano quell'ambiente dozzinale e sporco. C'era una piccola finestra che dava sul parcheggio male illuminato da un lampione e dalla scritta rossa - Vacancies -. Aveva fame, ma il dolore alla mascella e allo stomaco lo scoraggiavano dall'accanirsi sulle noccioline in scatola e le vecchie patatine sopra il frigobar. Si sfilò la giacca e la maglietta con una smorfia di dolore. Rimase a petto nudo, seduto sul letto con il capo chino in avanti fra le spalle curve. La fioca luce illuminava il lupo della steppa tatuato sulla schiena.

Era stanco. Si sentiva a pezzi. Fuori quanto dentro di sé.

L'immagine di Newt stesa sul lettino freddo lo aveva trafitto da parte a parte. Tutto quel male e quel dolore non avrebbero dovuto nemmeno avvicinarsi a lei. Gente come lui meritava una fine del genere, ma non lei. Era sempre stata una ragazza dolce che aveva cercato di mantenere il sorriso anche se il mondo le era distante e non l'aveva accolta come tutti. Meritava qualcosa di meglio che quella vita e quella morte.

Quel colpo al *Devil's* avrebbe dovuto fruttargli i soldi necessari per comprare una piccola casa in collina nel Montana, avrebbe lavorato la terra assicurandole un futuro sereno. Avrebbe smesso di farsi e di bere. Per lei ce l'avrebbe fatta. Era troppo vecchio e stanco per quel genere di vita, non sarebbe trascorso molto tempo prima che un colpo di pistola lo ammazzasse durante una rapina o che quella merda che si sparava in vena lo uccidesse. Sarebbe stato un nuovo inizio, aveva pensato allora, ma ora era tutto cambiato.

Restava una sola cosa da fare: trovare quel figlio di puttana e fargliela pagare.

Non si sarebbe dato pace fino al momento in cui avrebbe visto nei suoi occhi il terrore e la paura della morte. Non avrebbe avuto nessuna pietà.

Il desiderio di vendetta gli dava conforto, anestetizzava le ferite doloranti.

Aprì il mini bar e fissò le bottigliette di whisky e vodka per gli ospiti. Avrebbe voluto scolarsele fino alla fine e lasciarsi cadere sul pavimento stremato, ma doveva ripensare a quell'ultima volta in cui l'aveva vista viva. Doveva cercare degli indizi. Doveva ricordare.

Afferrò una bottiglia d'acqua fredda e dopo averne bevuto un sorso se l'appoggiò sul costato infuocato dal dolore. Lo sceriffo e il suo vice c'erano andati giù pesanti, ma nulla in confronto ai pestaggi nella prigione di Stato. Se non fosse stato per Bear e Monkey in quegli anni non ne sarebbe di certo uscito vivo. Si erano coperti le spalle a vicenda, tutti e tre troppo giovani per quell'esperienza così dura.

*Bear*, pensò, chissà che fine aveva fatto. L'ultima volta che l'aveva visto era il giorno in cui l'ultimo Devils era stato ucciso. Era accecato dalla furia, si era convinto che la scomparsa di Newt fosse opera loro, ma così non era stato. Wolf li torturò uno a uno senza ottenere nessuna risposta.

Bear seguì Wolf nel suo delirio, poi come da patti, prese la sua parte e partì. Voleva aprire un bar nella sua città, un locale con musica dal vivo tutte le sere, dove ospitare band rock e metal, come piaceva a lui.

Chiuse gli occhi steso sul letto con gli anfibi ancora

ben saldi a terra. La mente vagava nei ricordi offuscati fino a giungere a quel fatidico giorno.

«Dov'è Newt?» aveva domandato a Fox. Dovevano essere le due del pomeriggio, la sbornia della notte precedente lo aveva steso come un cavallo.

«Che cazzo ne so, sarà andata in chiesa. Oggi è domenica?» Fox si era tirata su dal divano togliendosi di dosso Snake ancora privo di sensi.

«Sì è domenica» aveva risposto Bear alla finestra intento a riempire i sacchetti contrassegnati con calce bianca «è uscita poco fa.»

«Fox, vai a prendere qualcosa da mangiare e delle birre» aveva ordinato Wolf lanciandole venti dollari appallottolati che erano caduti per terra a un metro da lei.

«Cazzo Monkey è andato» aveva commentato Wolf vedendo la schiuma alla bocca del compagno di cella «merda, non ci voleva...»

Wolf e Bear erano usciti poco dopo per incontrarsi con uno dei Devils, il loro contatto, per mettersi d'accordo per lo scambio.

Al loro rientro Fox e Snake stavano scopando sul divano.

«Stasera dovrai intrattenere gli sbirri» disse Wolf separandoli con una spinta.

«Non c'è bisogno» aveva obiettato Snake con l'uccello di fuori «hai visto come l'hanno ridotta la volta scorsa.»

«Non me ne frega un cazzo, non voglio gli sbirri nei paraggi. Fox farà la sua parte come tutti.»

«Non preoccuparti Snake, mi calerò qualcosa prima.

Non sentirò nulla.»

«È rientrata Newt?» aveva cambiato argomento Wolf, staccando a morsi pezzi di carne da una coscia di pollo fritto.

«È rientrata poco fa credo stia dormendo» aveva risposto Fox rimettendosi i pantaloni.

Wolf aveva semplicemente visto il sacco a pelo gonfio nascosto nella penombra.

«Bear spegni le luci e nascondi l'auto sul retro. Fox preparati» Wolf si era messo seduto sul divano con gli anfibi slacciati e la testa rivolta verso il soffitto in attesa che arrivasse sera.


Smith aveva ragione, Newt poteva essere uscita prima del suo arrivo o non essere mai rientrata. Cazzo... Come poteva essere stato così superficiale? Strinse la coperta del letto con forza. Non aveva nessun punto di partenza. Quel ricordo non aveva portato a nulla di nuovo.

Udì alcuni passi sul ballatoio fuori dalla stanza. Bussarono alla porta con due tocchi secchi. Wolf diede un'occhiata dalla tenda e riconobbe Smith. Era da solo, Mellory era rimasto seduto in auto.

«Non ha per nulla un bell'aspetto» commentò ironico Smith alla vista del viso di Wolf. «Abbiamo mandato campioni del tatuaggio a Quantico per delle analisi, ma una cosa però è certa. Non è stato fatto post mortem.»

Wolf non cambiò espressione a quella notizia, in cuor suo aveva sperato il contrario.

«Questo è il biglietto dell'autobus, non ha data, è valido per un mese. La stanza è pagata per l'intera settimana, qualora volesse trattenersi per il funerale.»

«Ci penserò» rispose Wolf.

«Mellory ha fatto delle ricerche e pare che il parroco della chiesa che frequentava Newt avesse avuto dei "problemi" nella diocesi precedente e fosse stato trasferito» Smith alzò lo sguardo al cielo.

«Perché mi dice tutto questo?»

«Abbiamo un obiettivo comune Wolf» rispose l'agente speciale «ciò che ci divide è il mezzo per conseguirlo... Buona notte.»

Wolf chiuse la porta in silenzio. Osservò Smith raggiungere l'auto e andarsene. Una goccia aveva macchiato il vetro nel punto esatto in cui si trovava poco prima l'auto. Quella notte il rumore della pioggia coprì quello dei pensieri di Wolf.

La caccia avrebbe avuto inizio l'indomani.

* * *

Smith era seduto alla poltrona della stanza d'albergo, illuminato dalla sola fioca luce dell'abat-jour sul comodino. I fascicoli sparsi con le fotografie del corpo torturato di Rebecca facevano contrasto sul copriletto chiaro. Si era tolto le scarpe e i calzini e aveva steso le gambe appoggiandole al bordo del letto.

Guardò l'ora, erano passate da poco le nove di sera.

Afferrò la cornetta del telefono e compose un numero a memoria sul tastierino numerico.

«Ciao Susan» disse l'agente speciale.

«Cosa vuoi?» chiese la moglie dall'altra parte del telefono.

«Come stai?» la voce di Smith era bassa e profonda.

«Vaffanculo. Sarah vieni al telefono» concluse senza

attendere replica.

«Papà!» esordì la bambina.

«Ciao amore mio.»

«Hai catturato dei cattivi oggi?» chiese Sarah.

«Quasi... Ti racconto una storia, sei pronta?»

«Sì!» rispose entusiasta.

«Allora, c'era un pastore che aveva tante pecorelle bianche. Una sera una di queste si separò dal gregge e venne mangiata da una creatura mostruosa. Il pastore preoccupato liberò il lupo, che teneva chiuso in gabbia, per ucciderla e riportare la pace nella fattoria.»

«Come va finire? Il lupo la trova la creatura mostruosa?»

«Questo te lo racconterò la prossima volta.»

«Quando torni papà?»

«Ci vorrà ancora un po'.»

«Ti passo la mamma?»

«Non c'è bisogno. Buona notte e sogni d'oro piccola.»

«Notte papà!»


Smith riagganciò e rimase sulla poltrona immobile fino a quando non bussarono alla porta. Ripose i dossier nella ventiquattr'ore e andò ad aprire sprofondando i piedi nudi nella moquette.

«Entra» disse alla ragazza dai tacchi alti e il viso sensuale «i soldi sono sul comodino. L'hai portata?»

«Sì.»

Smith sprofondò sulla poltrona e si arrotolò la manica della camicia fino a scoprire il gomito. Sfilò la cintura dai pantaloni e la strinse attorno al braccio fino a quando la vena apparve gonfia.

*  *  *

L'ultima messa del giorno terminava alle cinque del pomeriggio. Wolf era rimasto in disparte per tutta la durata della cerimonia. Ad assistere, un ridotto numero di anziane signore sedute in prima fila, che si erano affrettate a uscire subito dopo.

«Kurt?» domandò stupito il prete avvicinandosi alla scura figura.

«Sì» rispose Wolf uscendo dalla penombra.

«Santo Cielo, cosa hai fatto al volto?»

«Ho sbattuto contro la porta...»

«È davvero una sorpresa vederti» disse il vecchio facendogli cenno di seguirlo nel suo giro «non sei mai venuto prima.»

«Gente come me non dovrebbe nemmeno entrarci in una chiesa.»

«Sono proprio le persone come te che dovrebbero... come posso aiutarti?»

«Sono qui per Rebecca.»

Il prete si fermò.

«Hanno ritrovato il suo cadavere nel bosco...» disse Wolf senza ascoltare le parole che aveva appena pronunciato.

«Dio misericordioso...» l'uomo si sedette su una panca osservando l'espressione vuota di Wolf. «Kurt, non è colpa tua.»

«Sì invece, dovevo proteggerla. Sarebbe dovuta restare qui con lei, io sarei sparito dalla sua vita e non le sarebbe accaduto nulla...»

«Non era quello che desiderava, quando sono stato trasferito qui per via di quelle accuse infondate so bene che hai deciso di spostarti con la tua banda per permetterle di frequentare la mia chiesa. Lo sapeva bene anche lei. Le ho chiesto molte volte di venire a stare con me, ma la risposta che mi dava era sempre la stessa: "Non si deve preoccupare, a modo suo Kurt si prende cura di me, non posso lasciarlo da solo, sono la sua famiglia".»

Wolf ascoltava quelle parole in silenzio, avrebbe voluto provare del sollievo, ma così non era. Al contrario il suo desiderio di vendetta sembrava crescere senza limite.

«Aveva notato in lei qualcosa di diverso?»

«Non saprei, non ho notato nulla... mi dispiace... Tim potrebbe dirti qualcosa di più, negli ultimi tempi erano diventati amici. Spesso facevano la strada insieme» il prete si era rialzato.

«Chi è Tim? Non l'ho mai sentito nominare prima da Rebecca.» L'espressione di Wolf si era accesa.

«Tim è un bravo ragazzo, spesso fa il chierichetto. Ha un viso da cherubino dai tratti molto gentili. È un senzatetto e cerchiamo di aiutarlo con degli abiti usati e del cibo quando viene. La famiglia l'ha cacciato di casa quando ha saputo dei suoi... gusti. È da qualche settimana che non lo vedo nei paraggi.»

«Dove posso trovarlo?»

«Credo viva insieme agli altri nei pressi della ferrovia, ci sono dei vagoni abbandonati dove altra gente come lui trova riparo la notte.»

«Grazie» disse Wolf allontanandosi.

«Kurt» lo richiamò l'uomo «c'è sempre tempo per la redenzione. Ricorda gli insegnamenti del reverendo Wallace... Non lasciare che la vendetta offuschi la ragione.»

«Padre, credo che ormai sia troppo tardi...»

Wolf percorse la navata e uscì senza voltarsi. Non era un uomo di chiesa né tanto meno si riteneva un credente. Per tutto quello che aveva fatto nella sua vita c'era un unico posto che lo attendeva dopo la morte, l'inferno. Non sarebbe stato nulla a confronto di ciò che sarebbe spettato all'assassino di Newt una volta che l'avesse catturato.

Perché Rebecca non aveva parlato di Tim a lui o a Fox? Questo pensiero lo accompagnò per tutto il tragitto verso la ferrovia. Un freddo vento sferzava sul viso e aria di pioggia gli riempiva i polmoni ancora doloranti.

* * *

Era rimasto appartato aspettando che il buio calasse, i binari abbandonati della ferrovia erano usati come cimitero per le carrozze in attesa di smaltimento, perlopiù cisterne e container merci arrugginiti. Da tempo i balordi e i senza tetto delle contee vicine li raggiungevano seguendo i binari per molti chilometri. Qui gli emarginati si riunivano lontani dagli occhi della società che non li considerava, in attesa che una mattina, svegliandosi, non li trovasse più.

Erano rifiuti umani che nessuno si degnava di smaltire.

La sigaretta era a metà della sua vita. Si lasciava consumare inerte sotto il respiro profondo di Wolf. Anche lui, come essa, si era consumato fino a diventare cenere che una folata di vento avrebbe spazzato via da lì a pochi respiri.

"Non si deve preoccupare, a modo suo Kurt si prende cura di me, non posso lasciarlo da solo, sono la sua famiglia".

Riusciva a immaginarle quelle parole scritte sul blocchetto di carta che portava sempre con sé. Riusciva a vederli gli occhi di Rebecca osservare il prete in attesa che avesse finito di leggerle. Che il prete fosse stato ossessionato da lei, che la desiderasse al suo fianco? Che dietro quell'espressione calma e pacata ci fosse un uomo mosso da impulsi animali? Questi dubbi non erano del tutto svaniti. Forse le accuse di molestie che gli erano state rivolte non erano del tutto infondate. Se Smith ne era venuto a conoscenza voleva dire che c'erano state delle indagini. Rebecca si fidava di lui, avrebbe potuto attirarla in trappola facilmente, ma quel tatuaggio cosa poteva mai c'entrare? Forse anche Tim era coinvolto, si era comportato da amico per conquistare la sua fiducia, che fine aveva fatto? Perché era scomparso proprio ora? Doveva trovarlo e fare chiarezza, a costo di strappargli le costole una a una, avrebbe parlato. Di questo ne era certo.

Un bidone era stato acceso con del fuoco. Wolf si avvicinò all'accampamento guardandosi in giro. Scatoloni facevano da rifugio a chi stava cercando di alleviare la propria esistenza con del vino scadente in corpo e un sonno profondo.

Sulla destra, vicino a un vagone merci con la serranda aperta, era seduta su una cassetta di legno una donna troppo vecchia per quella vita.

«Sto cercando Tim» disse Wolf rivolto a lei.

La donna sgranò gli occhi chiari mostrando la bocca priva di denti e rispose con una smorfia. «Tim se n'è andato, l'hanno portato via, Tim non tornerà più.»

«Chi è stato?»

«L'hanno portato via, Tim non tornerà più» recitava come una cantilena la vecchia donna.

«Il parcheggio del centro commerciale sulla statale» disse una voce rauca e debole nascosta dentro al vagone «c'è gente nuova che controlla il territorio e per quelli come Tim ci sono solo due strade...»

Wolf sentì dei rumori alle sue spalle. Il bagliore della fiamma aveva definito i contorni di tre uomini.

«Stai cercando una puttanella da sbatterti?» chiese quello al centro. La pelle era di colore. «Non hai che da chiedere, il secondo vagone si è liberato, amico.»

«Me ne sto andando» rispose Wolf.

«Ah ho capito, cerchi qualche ragazzino» disse con voce più alta «grande e grosso... e frocetto il nostro amico, dovevi andare al parcheggio del *Dawson.*»

I due al suo fianco risero avanzando di qualche passo.

Wolf si incamminò seguendo i bordi dei vagoni.

«Non hai capito, amico, qui c'è un unico modo per andarsene: o compri o ci offri qualcosa.» I tre uomini lo stavano braccando come cani attorno alla preda.

«Non ho nulla con me» fu la sua risposta.

«Non direi... mi piacciono i tuoi anfibi, scommetto che sono della mia taglia. Anche la giacca di pelle non è male. Cosa ne dite ragazzi?»

«Già» rispose sputando a terra uno dei due.

«Togliteli» ordinò con voce decisa.

Wolf si fermò. Aveva le spalle rivolte al vagone e i tre uomini gli bloccavano il passaggio. Era in trappola.

Alzò lo sguardo fino ad allora tenuto basso e li guardò in volto. Non erano vestiti come dei senzatetto sebbene il loro abbigliamento fosse dozzinale.

Erano i carcerieri di quei miserabili, realizzò Wolf.

«Hanno già iniziato il lavoretto a quanto pare» disse il nero notando il viso tumefatto di Wolf. «Muoviti dacci ciò che vogliamo e sparisci.»

Wolf aveva smesso di aver paura della morte da molto tempo e aveva imparato a convivere col dolore fisico. Non lo spaventava, anzi lo faceva sentire vivo. Era come una doccia fredda che sveglia dal torpore, in un certo senso, lo desiderava.

Tutto ciò che aveva gli era stato portato via, non aveva più nulla, eccetto la vendetta.

Si inginocchiò per armeggiare con le stringhe degli

anfibi, giusto il tempo di sfilare la lama che teneva sempre con sé.

Il primo a morire con un taglio alla gola fu il nero, il secondo fu preso alla sprovvista e venne abbattuto da un calcio con la punta di metallo che lo fece cadere a terra con le costole conficcate nei polmoni. Il terzo riuscì a fuggire nascondendosi nel bosco vicino.

«Ti troverà... e ti... ucciderà» disse il nero con il sangue che lo soffocava.

Wolf affondò il coltello nel petto fissando negli occhi il nero, poi ripulì la lama sulla camicia dell'uomo.

Rovistò nella sua giacca fino a trovare un mazzo di chiavi dell'unica macchina parcheggiata nei paraggi, una vecchia Buick blu.

Alzò lo sguardo e vide la luna piena godersi avidamente il macabro spettacolo offerto.

Altro sangue sarebbe stato versato per compiacerla quella notte.

* * *

I centri commerciali *Dawson* erano funghi apparsi in quegli ultimi anni dal nulla, con prodotti dozzinali e caffè scadente gratuito. La sera erano ritrovo di spacciatori, scambisti e puttane.

La Buick blu ammaccata sulla portiera destra era stata parcheggiata poco prima in una piazzola di sosta non illuminata. Wolf osservava la scena aspirando profondamente dalla sigaretta. Nel via vai d'auto solo un fuoristrada nero non si era mai mosso. Dalla posizione in cui si trovava aveva potuto notare solo il braccio steso fuori dal finestrino di un uomo, non sapeva se fosse da solo.

Sul lato ovest c'erano gli scambisti che si accostavano dopo due colpi di faro, su quello est gli spacciatori afro giravano fra le auto rifornendo gli avventori occasionali. Al centro, vicino alle corsie dei carrelli per i clienti del centro commerciale c'erano le ragazze di ogni razza ed età caricate da ronde di uomini indecisi.

Una roulotte era appartata vicino a un compattatore dei rifiuti, a guardia un uomo sovrappeso con la barba lunga.

Dopo mezz'ora l'uomo faceva tuonare il pugno sulla parete e un cliente usciva tirandosi su la cerniera dei pantaloni prima che ne entrasse un altro dopo aver pagato l'ingresso.

Wolf rimase a osservare quel lento teatrino per ore. In una sola occasione l'uomo barbuto fu costretto a entrare e tirar fuori con la forza uno sventurato che dopo il secondo richiamo non era uscito. Questi con i pantaloni alle caviglie cadde correndo intimorito picchiando le ginocchia nude sull'asfalto.

Wolf guardò l'orario sul cruscotto della Buick, segnava le tre del mattino. Il via vai di gente si stava lentamente diradando.

Scese dall'auto e si diresse a piedi fino alla roulotte tenendosi a distanza dal fuoristrada nero. Al suo interno riuscì a riconoscere tre figure.

«Quindici minuti, trenta dollari, mezz'ora cinquanta» esordì il grassone «e non costringermi a venirti a prendere.»

Wolf prese dalla tasca delle banconote stropicciate.

«Ho solo venti.»

Il grassone era spazientito, si capiva chiaramente che

non gli piaceva dover trattare.

Si voltò verso il fuoristrada a cui Wolf stava dando le spalle e fece segno "due" agli uomini.

«Per venti te lo può solo succhiare» concluse infine.

«Va bene» fu la risposta secca di Wolf.

«Non provare a fare il furbo» lo avvertì facendogli notare con le nocche una fessura nella lamiera «voglio sempre vederti sul lato destro, intesi?»

«Chiaro.»

Wolf entrò nella roulotte buia. Sotto il peso della sua stazza il gradino cigolò.

La vista ci impiegò qualche istante ad abituarsi al buio.

Il ragazzo era piegato in avanti con il busto sul tavolino quadrato inchiodato al pavimento. Aveva i polsi e le caviglie legati. Era di corporatura esile, la carnagione sembrava essere chiara. Del cherubino descritto dal prete era rimasto poco. Per non insospettire il guardiano si mise dalla parte destra, in testa alla roulotte, con la cintola rivolta verso il viso del ragazzo che aprì automaticamente la bocca.

«Sei Tim?»

«Sì...» rispose con la voce spezzata.

«Dimmi tutto quello che sai su Rebecca.»

«Rebecca?» chiese con la voce stanca. «Non l'ho più vista... dalla notte dell'incendio... Siamo tornati insieme... dalla messa... e poi... non ho più avuto sue notizie.»

«Ti ha detto qualcosa?»

«Era preoccupata... per suo fratello.»

«Sai qualcosa di un tatuaggio con un coniglio? Te ne ha parlato? Voleva farsene uno?»

«Quello... è il suo... marchio.»

«Di chi stai parlando?»

Un battito di pugni anticipò la voce del grassone. «Ancora cinque minuti!»

Wolf si abbassò all'altezza del viso del ragazzo. Vide gli incisivi rimossi e il volto da cherubino tumefatto.
«Di chi stai parlando?»
«Il... Bianconiglio... quando hai il suo marchio... gli appartieni» disse voltando il capo di lato.
Il tatuaggio era lì dietro la nuca in parte coperto dai boccoli un tempo dorati.
«Aiutami...» implorò il ragazzo.
Wolf si alzò, appoggiò una mano sulla nuca e l'altra sotto il mento del ragazzo. Ruotò con forza sentendo l'osso spezzarsi.
Il secondo pugno tuonò sulla lamiera.
«Tempo scaduto amico.»

* * *


Mellory era entrato nella stanza dello sceriffo senza bussare.
Alla scrivania Smith stava mangiando un sandwich al tonno. Erano le sei del pomeriggio.
«Ha fatto visita al prete come previsto» esordì Mellory con in mano un foglio di carta termica «ci sono notizie da Quantico.»
Smith si pulì la bocca con un tovagliolo. Bevve un sorso di acqua minerale da una bottiglietta ricoperta di condensa.

«Andiamo a far visita a questo tal Cornelius» Smith cestinò la sua cena e indossò la giacca nera.

L'agente speciale rimase per tutto il tempo in silenzio, Mellory lo assecondò alla guida.

Si fermarono giusto il tempo necessario a fare il pieno. Smith si avvicinò a una cabina telefonica e compose un numero. Riattaccò subito dopo senza prelevare le monete.

Il laboratorio di Cornelius era una vecchia catapecchia sulla strada provinciale. L'insegna al neon pulsava di un rosso fuoco: *Cornelius Tattoo*.

Smith e Mellory entrarono annunciati dal suono di una campanella.

Il vecchio era seduto su una sedia a dondolo di legno intento a guardare le repliche di un telefilm poliziesco.

Fece cenno indicando il bancone dove si trovava un grosso album con la copertina di finta pelle nera e un logo dorato usurato.

«Mi sembri il tipo da pin-up» disse Smith a Mellory.

«In effetti preferisco i tradizionali americani.»

«Il nostro Cornelius pare essere un'istituzione» commentò scorrendo le foto ingiallite appese ai muri.

Smith sfogliava le pagine ordinate per generi e soggetti. Si passava dal tradizionale americano a quello giapponese, i religiosi e quelli fantastici. Gli animali venivano subito dopo i celtici. Tigri, pantere, aquile ma nessun coniglio.

«Il coniglio di *Alice nel paese delle meraviglie* ce l'ha?» chiese Smith.

Cornelius senza distogliere l'attenzione dallo schermo afferrò un altro album più piccolo e lo tenne sospeso nell'aria.

Mellory lo afferrò e lo aprì sul bancone. Alla quarta pagina si trovava il Bianconiglio.

Mellory sfilò dalla tasca interna della giacca la foto scattata al corpo di Rebecca.

«È lo stesso» concluse.

I titoli di coda scorrevano sullo schermo. Il vecchio si tirò su dalla sedia stanco.

«Cosa posso fare per voi agenti?»

«Pare che uno dei suoi inchiostri speciali sia stato usato di recente» la voce di Smith era calma.

«Faccia vedere» disse inforcando degli occhiali spessi con la montatura in osso.

«Qualcuno della mia scuola, ma le sfumature qui vicino al cappello» disse indicando col dito il tatuaggio di Rebecca «non sono ben fatte. Ho mandato a casa parecchia gente senza talento, non saprei dirle chi può essere stato. La mediocrità non ha nome.»

«Certo» disse Smith infilandosi in tasca la foto. «Sa dirmi qualcosa dell'inchiostro al peperoncino che è stato usato?»

«Lo sa è illegale tatuare con quel tipo speciale» rispose Cornelius senza guardare Smith negli occhi.

«Ma nessuno vieta di venderlo, giusto?»

«Corretto.»

«Come le è venuto in mente di creare quell'inchiostro?» chiese incuriosito Smith appoggiandosi sul bancone.

«Ad alcuni miei clienti, anni fa, piaceva la sensazione di sentirsi marchiati. E il calore del peperoncino pare desse loro quella sensazione, di una marchiatura a fuoco» l'espressione del vecchio era annoiata «a me poco importava, pagavano bene. Qualcuno voleva che ci mescolassi la cocaina. Altri tempi.»

«Altri tempi.»

«Posso fare altro per voi?»

«Questo» disse Smith puntando il dito su un disegno del primo album.

«Ci vorrà un'ora» commentò Cornelius rivolto a Mellory «se vuole vedere la TV faccia pure.»

«Aspetterò fuori» rispose uscendo.

* * *

«Ora mi hai fatto proprio incazzare» minacciò il guardiano fuori dalla porta della roulotte.

Aprì con decisione la porta e si fiondò dentro con il braccio teso nel buio, ma ad afferrare fu Wolf che lo tirò con forza facendolo cadere a terra a faccia in giù nella pozza di liquido chiaro fra le gambe di Tim.

«Fanculo figlio di puttana! Ora...» la sua voce fu spezzata dal ginocchio conficcato nella schiena. Wolf lo teneva per i capelli con la lama puntata alla gola.

«Dove trovo il Bianconiglio?»

«Fanculo!»

«Ti sgozzo come un maiale» la lama stava lentamente incidendo la carne.

«Nessuno lo sa! Lui vede tutto, lui sa tutto! Ti ucciderà!»

La lama scorse tracciando una sottile riga rossa. Poi gli afferrò la testa e la scaraventò sul pavimento sfondandogli il naso con rabbia.

Wolf si affrettò a uscire prima che gli uomini nel fuoristrada si insospettissero. Nascosto dalla roulotte si addentrò nel bosco in prossimità del parcheggio. Udì delle voci dietro di sé, ma camminò senza voltarsi.

Lentamente il cielo si stava rischiarando, di lì a poco i primi commessi e le guardie del centro commerciale sarebbero apparsi con le loro divise color sabbia. Si appoggiò a un tronco dietro a un cespuglio e chiuse gli occhi.

Era stanco.

* * *

«Ben fatto» commentò Mellory osservando il lavoro di Cornelius.

«Quel vecchio è un fottuto artista» ammise Smith.

«Si è sbottonato alla fine?»

«Diciamo che si è sciolto al momento del pagamento.»

«Novità?»

«Questa» disse mostrando una foto sbiadita «è uno di loro.»

«Come fa a esserne certo?»

«Il disegno del Bianconiglio è stato tatuato una sola volta. La figlia dello sceriffo di allora quando uscì il film della Disney.»

«E con ciò?»

«In questa foto ci sono i suoi allievi di quell'anno.»

«E loro erano al corrente degli inchiostri speciali.»

«Molto probabilmente sì» confermò Smith con la voce stanca.

«Comunque è solo una fotografia senza nessun nome, non credo che a Quantico saranno in grado di dirci molto di più, è troppo vecchia.»

«Bisogna vedere le cose in prospettiva Mellory» concluse Smith salendo in macchina dal lato del passeggero.

La manica sinistra della camicia era ancora arrotolata e sul braccio si notavano i contorni arrossati del lavoro appena compiuto. Un cuore protetto dai rovi e un nome: Sarah.

* * *

Wolf era steso a terra. I primi raggi del mattino filtravano attraverso gli alberi del bosco. Rumori provenivano dagli arbusti. Le palpebre erano pesanti, l'aria pungente aveva anestetizzato il corpo ferito. La gola era arsa, il bisogno di bere alcol era forte. Immagini scorrevano come flash senza ordine alla ricerca di qualcosa, o meglio di qualcuno.

Newt era seduta sul divano, teneva in mano un libro che aveva preso da una bancarella dell'usato a pochi dollari il giorno prima. Era rannicchiata con le gambe vicino al petto, i capelli erano rossi e leggermente mossi. Li teneva lunghi e sciolti, morbidi lungo la spalla. La musica speed-metal di Snake non la raggiungeva, i colpi di batteria e chitarra elettrica non la sfioravano nemmeno. Il suo era un film muto animato dai corpi che si muovevano irregolari tutto intorno. Fox e Snake ballavano scomposti come scimmie impazzite. Monkey, Bear e Wolf erano appena tornati da un colpo a una stazione di benzina al confine con l'Idaho.

Bear aveva scaricato le cassette di birra nel soggiorno

mentre Monkey stava preparando l'eroina.

Si era seduto vicino a lei porgendole un sacchetto con delle carote e del pane, frutto della refurtiva insieme a un migliaio di dollari in contanti.

Le aveva messo il braccio attorno al collo tirandola a sé mentre leggeva. Le aveva dato un bacio sulla tempia. Newt si era voltata verso di lui e gli aveva sorriso. Il suo sguardo avrebbe voluto esprimere ciò che le parole non erano in grado di dire.

«Va tutto bene?» le aveva chiesto muovendo le labbra.

Newt aveva annuito con un sorriso innaturale.

«Non devi preoccuparti, andrà tutto bene.»

Bear aveva portato una birra per Wolf e del succo di mela per Newt interrompendo quel momento di intimità fraterna.

Quella notte, prima del colpo al *Devil's*, le Bestie si ubriacarono e drogarono fino a perdere i sensi come se non esistesse un domani.

Tim aveva parlato di preoccupazione da parte di Newt per il fratello. Il colpo al *Devil's* doveva averla preoccupata e agitata per il timore che qualcosa potesse andare storto. In effetti il rischio di venire ammazzato era alto quasi come la posta in gioco. Ma lo faceva per lei. Si meritava qualcosa di meglio di quel fabbricato fatiscente e abbandonato. Voleva ricominciare da capo, da zero. Era stanco di quella vita, voleva crederci nell'illusione di una vita normale, fatta di piccole cose. *C'era ancora tempo, c'era ancora speranza*, si diceva.

Quelle parole del reverendo Wallace erano rimaste appese ai suoi pensieri in tutti questi anni.

Si tirò su pesantemente, scrollandosi di dosso le foglie e il terriccio dai pantaloni. Aveva forti dolori al costato e alla schiena. Ritornò verso il parcheggio dei centri commerciali *Dawson*. Era mattino e alcune file di macchine già occupavano i primi posti. Voci di bambini rimbombavano nella sua testa.

Di ciò che accadeva fino all'alba non era rimasta traccia. Diede un'occhiata nei paraggi prima di dirigersi verso l'auto che aveva lasciato nella piazzola di sosta poco distante.

Salì a bordo e si diresse verso il motel.

Sulla strada statale alcune pattuglie dello sceriffo avevano fatto deviare il traffico per le strade minori. In lontananza Wolf riuscì a riconoscere i lampeggianti di un'ambulanza.


Un camion della nettezza urbana copriva la berlina di Wolf. Lo stesso fuoristrada che la sera prima controllava il piazzale era parcheggiato di fronte le stanze del motel. Due uomini erano di guardia al di fuori. Fra di loro riconobbe il nero che era scappato dai binari abbandonati. Gli altri stavano rivoltando la stanza vuota di Wolf.

Quando il camion ingranò la marcia e proseguì, Wolf non era più nell'abitacolo.

Sapevano chi era, lo avrebbero trovato se fosse rimasto lì. In quell'auto sarebbe stato un bersaglio mobile. Quella gente doveva avere occhi ovunque.

Doveva far calmare le acque, far credere loro che fosse fuggito lontano dal loro territorio.

Mentre camminava claudicante per le strade secondarie incrociava lo sguardo di paura delle madri che tiravano a sé i figli.


Raggiunse la stazione degli autobus e prese il primo

in partenza verso Salt Lake City.

Non aveva nessuno seduto vicino, il riscaldamento lo faceva sudare. Si sentiva soffocare. Tolse la giacca e l'usò come cuscino. Newt faceva lo stesso quando attraversavano il paese in fuga. Si sedeva sul sedile posteriore e si addormentava con la giacca di pelle di Wolf come cuscino accanto a Fox.

La guardava riflessa nello specchietto. Nel caos lei era la calma.

Le palpebre si fecero pesanti.


Newt era seduta su di una panchina poco distante dalla parrocchia dove il reverendo Wallace predicava. Aveva quattordici anni mentre lui aveva compiuto i diciotto da qualche giorno. Era un pomeriggio d'estate con una temperatura mite e lei leggeva chiusa nel suo mondo. Wolf riusciva a intravederla affacciato alla finestra della sua camera. Era l'unico posto in cui poteva fumare senza farsi scoprire dai Wallace. Il sole era rivolto verso di lui, lo accecava. Spense la sigaretta sul muro e nascose la cicca in una scatola di latta. Prima di rientrare diede per un'ultima volta uno sguardo verso la ragazza. C'era del movimento vicino a lei.

Scese le scale e uscì dal porticato senza badare alle parole della signora Wallace. Aveva attraversato il prato dei vicini scavalcandone la recinzione.

Gli schiamazzi dei ragazzi attorno a Newt iniziavano ad assumere un senso.

«Cosa dici? Non ho capito» diceva un ragazzo lanciando il libro della ragazza a un amico. «Se lo vuoi indietro basta dirlo!»

Newt era in mezzo a quattro ragazzi che le giravano attorno. Il suo sguardo era spaesato, ruotava il capo per vedere ciò che non riusciva a sentire fino a quando non notò, attraverso la spalla di uno di loro, gli occhi di Wolf.

Gli fece segno con il capo di non intervenire. «Non farlo Kurt» dicevano le sue labbra silenti. Lo fissava senza sbattere le palpebre.

In quel momento di caos, lei era la calma. Wolf aveva rallentato il passo come il cane addomesticato che ubbidisce all'ordine della padrona.

Poi una spinta di uno dei ragazzi la fece cadere a terra e non ci fu più nulla in grado di fermare la bestia.


«Amico, siamo arrivati. Fine della corsa» l'autista dell'autobus camminava nello stretto corridoio del bus con un sacco per i rifiuti nella mano.

Scese dal veicolo e si stirò la schiena. Gli occhi erano ancora pesanti per le ore di sonno da poco trascorse. Non mangiava dal giorno prima, si sentiva debole. Gli erano rimasti gli ultimi dollari, dopodiché non avrebbe avuto più nulla, come anni prima quando era giunto in quella cittadina. Si era dato al furto di stereo dalle auto, che rivendeva a un ricettatore con la facciata di un banco di pegno. Aspettava le prime ore del mattino del martedì quando il camion dei rifiuti passava a ritirare il vetro. Aspettava che il braccio meccanico agganciasse il bidone e ne riversasse il contenuto. Il rumore di vetri rotti copriva quello delle auto saccheggiate. Una di quelle volte aveva trovato nel cruscotto di una Mustang Eldorado una mazzetta di contanti e una pistola calibro nove carica. Era rimasto nascosto dietro a un cespuglio per qualche minuto. Era sorpreso che qualcuno fosse stato così sprovveduto. Di lì a poco la luce del terzo piano della palazzina popolare si accese per poi spegnersi nuovamente. L'ombra di una donna era apparsa per qualche istante dietro lo schermo improvvisato di una tenda. Un nero ben piazzato con la giacca di pelle e il cappello era sceso trionfante dal portone. *Deve essere stato da qualche puttana che lavora in casa*, pensò Wolf.

L'uomo aveva notato dei vetri a terra riflettere la luce del lampione ma forse li aveva scambiati per cocci di una bottiglia rotta. Giunse a meno di due metri prima di realizzare l'accaduto. Aprì lo sportello e vide lo spettacolo. Cavi dello stereo strappati fuoriuscivano dal vano e il cruscotto era vuoto. Prese a pugni il volante prima di uscire dall'abitacolo come una furia impazzita. Si guardò intorno in cerca di movimento, di qualcuno da inseguire e da ammazzare, ma Wolf si era ben nascosto steso a terra nel buio. L'uomo prese a calci il cerchione della ruota urlando: «Cazzo! Cazzo! Fanculo!»

Con la giacca spazzò via i vetri rotti dal sedile poi ingranò la marcia e sparì nella notte.


Wolf stava camminando lungo la stessa strada di quella notte. Era sera ma non ancora buio. Per le strade le auto si affrettavano a raggiungere casa. Riconobbe la palazzina di allora ancora più fatiscente di come la ricordava. Un carrettino degli hot dog stava per sbaraccare. Wolf ne prese uno con la senape.

«Questo è omaggio» disse l'uomo porgendo a Wolf gli avanzi della giornata.

Pattuglie della polizia facevano la ronda nel quartiere. Una di queste si accostò a Wolf. Il suo aspetto avrebbe insospettito anche lo sbirro meno attento.

«Dove stiamo andando?» chiese l'agente al volante col finestrino abbassato. L'auto procedeva a passo d'uomo.

Wolf mantenne un profilo basso, non stava cercando guai.

«All'*Yguana*» rispose fissando lo sguardo sul marciapiede.

«È una bella camminata da qui» commentò l'agente «stiamo andando anche noi da quella parte, sali ti diamo uno strappo» la mano dell'agente aveva battuto sulla portiera per poi far cenno con il pollice di salire sul retro.

Wolf salì senza commentare.

Nell'abitacolo c'era odore di ciambelle e caffè. Alla radio la centrale dispacciava segnalazioni e codici di intervento.

«Hai un volto familiare» disse l'agente al posto del passeggero rivolto verso Wolf «sei di queste parti?»

«Sono di passaggio, devo incontrare una persona.»

«Quanto mistero» commentò lo sbirro al volante «non vogliamo casini quindi vedi bene di non procurarcene, se non vuoi che finiamo il lavoro che hanno già iniziato.»

«Non cerco problemi.»

«Bene amico, eccoci arrivati. Ora scendi che puzzi come un cane morto.»

* * *

Cathy Foster era rannicchiata nell'angolo della cella in cui era stata rinchiusa. Si era svegliata in quel luogo qualche ora prima. Era una stanza buia senza finestre. Dall'odore di muffa e umido poteva essere una cantina. L'unica luce che trapelava era una sottile linea sotto la porta spessa. Non aveva maniglie, doveva essere stata chiusa dall'esterno con un chiavistello. Aveva picchiato forte i pugni gridando aiuto, ma nessuno aveva risposto.

Aveva fame e sete. Le labbra erano screpolate e secche, mentre gli occhi erano ancora colmi di lacrime.

Non ricordava come fosse finita in quel luogo, né tanto meno chi l'avesse rapita. Aveva paura. Tremava sotto il vestito leggero.

Sentì un rumore spezzare quel silenzio assordante.

«Chi sei?» chiese sottovoce, poi qualcosa di umido si accostò alla sua gamba nuda. Scalciò di riflesso, senza tregua, graffiandosi i polpacci contro il pavimento irregolare. Lo squittio del ratto si fece lontano. Si alzò da terra di scatto e cercò qualcosa su cui trovare riparo. Il cuore le rimbombava nel petto. Aveva il fiato corto.

«Mamma, papà» disse piangendo «aiutatemi!»

La luce al neon ebbe delle convulsioni illuminando la stanza dove si trovava.

Gli occhi di Cathy furono accecati da quei lampi di luce. Ci vollero alcuni istanti prima che la vista si riadattasse.

C'era un lettino al centro della stanza, come uno di quelli usati nelle corsie degli ospedali nel pronto soccorso. Le pareti erano grezze, coperte da una gettata di cemento grigio. Dai soffitti si snodava una fitta rete di tubature.

Il suo sguardo si pose sul pavimento, ne scrutò attentamente ogni angolo del perimetro poi vide la fessura.

Il ratto la stava osservando.

«Vattene!» urlava Cathy, ma l'animale sembrava prendere coraggio a ogni segno della sua paura. Avanzava attraversando la stanza nella sua direzione.

Cathy era in piedi sopra una cassetta di legno. Se il ratto si fosse issato sulle zampe posteriori le avrebbe tranquillamente morso le caviglie.

La paura la stava immobilizzando.

Una seconda bestia sbucò dal buco.

«Aiuto! Aiuto!» gridava piangendo. Guardò il lettino, se fosse riuscita a raggiungerlo le bestie non sarebbero state in grado di toccarla.

Trovò il coraggio e fece un salto a terra per mettersi in salvo sul lettino. La foga con cui si lanciò lo fece sbattere contro la parete. Le rotelle lo rendevano instabile, ma era al sicuro. I ratti giravano per la stanza in cerchio. Si osservavano a distanza producendo versi rabbiosi.

Le lunghe code nude si muovevano come fruste. Rimasero a lungo in quella posizione di stallo prima che uno dei due facesse la propria mossa.

Si azzannarono con rabbia. Gli affilati denti dilaniavano le carni e le orbite. Sul pavimento una scura macchia rossa aveva iniziato ad allargarsi. Il vigore era scemato, da entrambe le parti erano state inferte ferite gravi e profonde.

Il chiavistello graffiò il ferro arrugginito e la porta si aprì.

Due spari assordanti spappolarono a terra i due ratti.

«Maledette bestie schifose. Seguimi, ti sta aspettando.»

I timpani di Cathy erano ancora tramortiti dagli scoppi. Vide le labbra muoversi, ma non capì il senso delle parole.

Poi l'uomo l'afferrò per i capelli rossi e lunghi. La strattonò fuori dalla stanza con la pistola puntata alla testa.

* * *

L'*Yguana* era un locale di striptease e lap dance frequentato da ogni genere di maschio voglioso. Era diviso in due parti, quella dei privé e dei tavoli riservati per la clientela più selezionata e l'area comune, col palco centrale e la ragazza di turno a intrattenere. Due ingressi evitavano che i ricchi si mischiassero con i poveri.

Un tempo quel posto era stato una bettola mal frequentata. Risse e sparatorie erano all'ordine del giorno. Poi erano arrivati i russi e avevano dato un'impronta diversa.

La ricordava come fosse ieri sul palco con gli anfibi e uno slip nero che ballava mostrando i tatuaggi. Il suo sguardo era svogliato e i suoi movimenti lenti. Wolf era al bancone, quella sera avrebbe partecipato a un incontro clandestino nel garage sotterraneo dove i ricchi si divertivano a vedere i poveri ammazzarsi per pochi soldi. L'aveva vista a uno di quegli incontri fra la folla mentre serviva i calici agli spettatori.

A differenza delle altre ragazze dal trucco pesante e le forme generose, Fox era snella, con i seni piccoli e solo la matita nera agli occhi a esaltarne la bellezza con il contrasto della pelle bianca come il latte.

Il suo spettacolo era giunto al termine, si era avvicinata al pubblico per incassare pochi dollari e poi sparire nel retro.

La birra era ormai calda, l'aveva usata come ghiaccio sulle nocche doloranti. In quegli incontri non c'erano fasce o guantoni, solamente la disperazione e l'incoscienza come protezione e a Wolf non mancava nessuna delle due.

«Ormai sarà calda come il piscio, guerriero» esordì alle sue spalle.

Fox aveva preso posto a fianco al suo, finito lo spettacolo doveva tornare fra i tavoli a intrattenere i clienti e farli bere il più possibile spremendone i portafogli.

«Me la dai una sigaretta?» gli aveva chiesto indicando con un cenno del capo il pacchetto sul tavolino.

Wolf si era limitato ad avvicinarlo a lei con un colpo delle dita.

«E l'accendino?» chiese lei con aria scocciata.

«Cazzi tuoi» fu la replica di Wolf.

«Fanculo stronzo» si girò verso un gruppo di vecchi obesi. Prese dal loro tavolo l'accendino senza chiedere nulla, accese la sigaretta e lo fece ricadere al suo posto. Gli uomini non dissero nulla e le infilarono cinque dollari nel reggipetto.

Fox si rimise al suo posto, a fianco a Wolf per i successivi cinque anni.

L'*Yguana* era cambiato da allora, era diventato molto più sfarzoso con colonne dorate e drappi di velluto. Il cattivo gusto russo si rifletteva nelle superfici lucide.

Fox era tornata a lavorare lì, i soldi che avevano racimolato col colpo al *Devil's* non sarebbero bastati per sempre e voleva trovare un posto dove andare a vivere e un lavoro come un altro senza troppe pretese. Era pur sempre una tossica e prima o poi ogni datore di lavoro se ne sarebbe accorto e l'avrebbe cacciata. Snake non si era più fatto vivo dopo la sera dell'incendio. Lo aveva aspettato, ma era scomparso o forse era stata opera degli sbirri. Non versò nessuna lacrima per lui. A parte Wolf nessun uomo l'aveva abbandonata o era scomparso nel nulla dopo aver ottenuto ciò che voleva.

Dai suoi racconti, nei giorni in cui passava dalla roulotte di Wolf a portargli qualcosa per sopravvivere, faceva la barista. Era troppo consumata e magra per gli spettacoli, e la concorrenza delle slave non le lasciava molte possibilità, le restava il lavoro dietro al bancone. Guadagnava poco, ma era abbastanza per non dover ritornare sulla strada come da ragazza. All'età di sedici anni era scappata di casa dopo aver colpito il patrigno con una bottiglia. Il motivo di quella reazione non l'aveva mai spiegato ma Wolf aveva potuto facilmente dedurlo. Senza un soldo e in mezzo alla strada, era subito entrata in un brutto giro iniziando a prostituirsi per pagare la droga che il suo pappone le aveva gentilmente offerto, una sera, prima di iniziarla con un paio d'amici. La sera in cui si erano conosciuti erano fuggiti insieme dopo che Wolf aveva spaccato il collo al suo carceriere e vinto mille dollari all'incontro. Bear e Monkey erano stati scarcerati poco dopo ed erano pronti a entrare nel giro.

Wolf la cercava con lo sguardo fra i tavoli e i banconi ma non c'era.

«Cerchi compagnia?» chiese una voce sensuale alle sue spalle.

«Elisabeth lavora oggi?» si limitò a chiedere Wolf.

«La barista?»

«Sì lei.»

«È da un po' che non la vedo in giro, puoi provare a chiedere a Scarlet» rispose facendo cenno con la testa rivolta verso il palco. «Me la offri una birra?» continuò senza ricevere risposta.

Scarlet era appesa a dei cavi d'acciaio sospesi e si stava esibendo in una serie di coreografie acrobatiche. Dai lineamenti poteva essere una russa o dell'est Europa.

Al termine dello spettacolo la rossa bisbigliò qualcosa all'orecchio di Scarlet che raggiunse Wolf.

«Perché stai cercando Betty?»

«Devo parlarle.»

«Chi sei?»

«Wolf.»

«Finisco alle due, fatti trovare sul retro» disse senza attendere risposta.

Quando uscì dalla porta salutò il buttafuori con un bacio sulla guancia, era un palestrato alto quanto Wolf, ma almeno venti chili più pesante. Aveva il cranio rasato e gli occhi vicini minacciosi.

«È con me non preoccuparti» lo rassicurò Scarlet.

«*Da...*» rispose in russo.

La ragazza si avvicinò a Wolf appoggiato al muro nella penombra.

«Sali in macchina» disse la ragazza indicando un'utilitaria giapponese ammaccata e con la carrozzeria arrugginita.

«Dove andiamo?»

«A casa.»

«Fox è lì?»

Scarlet si voltò a guardarlo con la chiave infilata nel cilindro di accensione.

«Mi ero dimenticata che nella vostra banda si faceva chiamare in questo modo.»

Il rumore del motore sofferente coprì i pensieri di Wolf.

«È da due settimane che non ho sue notizie» iniziò a raccontare ingranando la marcia del cambio manuale. «Un giorno è arrivato un fuoristrada nero, di quelli nuovi con i vetri oscurati con la targa dell'Oregon. Io ero già in auto che aspettavo che arrivasse per andare al lavoro insieme, si è messa a parlare con quello più grosso al posto del passeggero. Poche frasi, poi lei mi ha guardato. È rimasta a fissarmi negli occhi per alcuni secondi. Io non sapevo cosa fare. Sono rimasta impietrita, poi è rientrata in casa ed è uscita con una borsa. È salita dalla portiera posteriore e sono andati via. Da allora non ho più saputo nulla. Siamo arrivati, casa nostra non è molto distante dal locale.»

Wolf scese dall'auto pesantemente. La casa era su un unico piano con un cortiletto sul retro.

«Si vedeva con qualcuno? Aveva un uomo?» chiese Wolf seguendola.

«Se la faceva con uno, ma non l'ho mai visto. Credo scopassero in un motel nei paraggi. Puoi restare a dormire nella sua camera, non mi dai l'idea di uno che ha una stanza al Palace.»

«Dov'è il pick-up?» chiese Wolf guardandosi in giro.

«È sul retro, ma non so dove siano le chiavi.»

«A quello ci penso io.»

«Non credo proprio. Ha volante legato con un catenaccio, non riusciresti a tagliarlo nemmeno con una tenaglia» il suo accento russo stava lentamente diventando più chiaro.

«Userò la chiave.»

Entrarono in casa, la luce nel corridoio era insufficiente a illuminarne tutta la lunghezza.

«Qual è la sua stanza?»

«La seconda porta sulla destra.»

Wolf spalancò la porta col braccio. L'ambiente era a soqquadro, Fox non era di certo una donna di casa ma non era il tipo da lasciare i vestiti sparsi e i cassetti svuotati per terra.

«Non ho trovato nessun indizio» disse Scarlet intuendo i pensieri di Wolf «mi faccio una doccia, fai come se fossi a casa tua.»

Wolf alzò la mano senza voltarsi, si piegò e afferrò un anfibio troppo grande per essere della taglia di Fox, ma perfetto per lui.

Lo sollevò da terra e svitò il tacco. Le chiavi del pick-up gli caddero sul palmo della mano senza sorpresa.

Nell'angolo della camera, accatastate l'una sull'altra, quattro casse di bottiglie erano usate come appendiabiti.

Wolf sfilò una delle bottiglie, dal colore poteva sembrare vino, ma l'etichetta era stata asportata. La innalzò sopra la testa rivolta verso la lampadina e, attraversata dalla luce, la bottiglia rivelò al suo interno un sottile cilindro largo quanto un tappo da sughero.

«Brava Fox» sussurrò Wolf prima di avvertire una presenza nella stanza.

Scarlet era sull'uscio della porta con l'asciugamano avvolto attorno al corpo bagnato.

«Fox mi ha raccontato molte cose sul tuo conto» ammiccò la ragazza abbassando lo sguardo verso la cintola per poi far cadere l'asciugamano a terra.

Wolf appoggiò la bottiglia a terra e avanzò verso di lei.

La baciò con forza, tenendole la nuca in una presa ferma. Poi la girò di spalle col viso rivolto verso il muro del corridoio e ne inarcò la schiena prima di penetrarla. L'afferrò per i fianchi affondando dentro di lei con foga.

Quando ebbe finito Scarlet sprofondò sul letto sfinita. Wolf entrò in doccia.

L'acqua calda scorreva sulla pelle dura e stanca, sulle cicatrici profonde e le fratture mai guarite. Lasciò scorrere l'acqua a lungo.

Quando il buttafuori sfondò la porta del bagno con un calcio e una spranga chiodata in mano la stanza era una coltre di vapore bollente.

«Ammazzalo Ivan!» gridava dietro di lui Scarlet in russo.

Dietro la tenda della doccia non c'era nulla. I vestiti di Wolf erano appoggiati sul lavandino e i suoi anfibi erano sotto la finestra.

Ivan si voltò verso Scarlet confuso, ma la sua espressione divenne di paura quando vide Wolf con la testa di Scarlet, nelle mani, senza vita.

Wolf lasciò la presa e il corpo della ragazza cadde a terra inerte mostrando quello di Wolf nudo in tensione.

Ivan non fece in tempo ad alzare la mazza per colpire Wolf che un calcio in pieno petto lo scaraventò a terra facendogli sbattere la testa sulla tazza del cesso, uccidendolo sul colpo.

Wolf afferrò i vestiti e gli anfibi prima che la macchia di sangue si espandesse su tutto il pavimento. Si rivestì di fretta ancora bagnato.

Sapeva bene che Scarlet non era una di cui fidarsi,

Fox gli aveva parlato della sua compagna di appartamento. Senza scrupoli e con un sacco di debiti con la mafia russa. Se avesse saputo che Fox custodiva centomila dollari nelle bottiglie che Wolf le preparava ogni settimana, le avrebbe tagliato la gola nel sonno.

Ma quello che più aveva fatto insospettire Wolf era avvenuto qualche ora prima. Un cliente ubriaco aveva cercato di rientrare dalla porta sul retro e Ivan non aveva compreso una sola parola in americano. Il fatto che lei gli avesse rivolto la parola in americano era stato sospetto quasi quanto quel bacio sussurrato nell'orecchio. Si aspettava la visita del bestione russo, era solo questione di tempo.

Mentre percorreva la statale guardava le casse caricate sul cassone del pick-up.

Doveva affrettarsi a scomparire prima di trovarsi la mafia russa alle calcagna.

Svoltò dopo venti miglia in una strada secondaria non illuminata e scese dall'auto. Prese una a una le bottiglie e le spaccò sul tronco di un albero. Raccolse i bussolotti di banconote avvolti nei sacchetti per i surgelati e li infilò in un sacchetto di plastica. Ne strappò solo uno per fare rifornimento di carburante e prendere una stanza in un motel corrompendo il custode per non registrare la sua presenza.

Nel tragitto gli tornarono in mente le parole di Scarlet.

La chiave di tutto era quel fuoristrada nero, lo stesso che aveva visto al parcheggio dei centri commerciali *Dawson* e di fronte al suo motel il giorno prima.

Doveva partire da lì per avere delle risposte.

* * *

Cathy Foster era sdraiata su un lettino di quelli usati per i massaggi con il buco all'altezza del viso. Come unica visuale aveva il pavimento e i suoi polsi legati con una corda spessa.

Non riusciva a vedere nulla, il capo era incastrato nel foro. Sentiva passi attorno a lei, due ritmi diversi. Passi lenti e pesanti, quasi trascinati.

«Aiuto» sussurrò con la voce strozzata «sono la figlia di Cameron Foster, mio padre è un giudice, la mia famiglia è ricca e può pagare il riscatto. Chiamatelo non farà nessuna resistenza, pur di avermi vi pagherà senza protestare. Soldi facili, vi prego lasciatemi andare...» i suoi occhi erano carichi di lacrime, il pavimento grigio era diventato una macchia uniforme di cui non riusciva a distinguere i dettagli.

«So bene chi è tuo padre» le sussurrò una voce maschile all'orecchio «ma mi dispiace non andrà così» poi la voce si allontanò.

Mani calde le avevano abbassato la cerniera del vestito, il freddo di una lama le era corso lungo la schiena. Le scansò i capelli raccogliendoli di lato, poi la pressione delle due mani calde si concentrò sul suo capo e sulla schiena.

«Ma cosa? Lasciatemi!» urlò Cathy al rumore di accensione di un motorino elettrico. «Aiuto! Aiuto!» riuscì a urlare prima che il dolore la facesse svenire.

Si risvegliò dopo un tempo imprecisato, non aveva la percezione del tempo. Era sera quando un fuoristrada l'aveva avvicinata al rientro dalla lezione di danza. La scuola distava appena trecento metri da casa sua ma il viale era male illuminato per via di alcuni lampioni spenti. Sua madre le aveva sempre raccomandato di prendere l'auto, ma Cathy preferiva camminare per rassodare le gambe tornite ereditate dal padre.

Un uomo grosso con la barba folta le aveva chiesto un'indicazione con il dito puntato su una cartina. Cathy si era avvicinata per gentilezza senza badare ai vetri oscurati sul retro. Si era svegliata nella stanza buia con un forte mal di testa, forse l'avevano narcotizzata. Da allora doveva essere passato almeno un giorno. Era affamata, si sentiva svenire, le labbra erano disidratate. Non riusciva a distinguere il sonno dalla veglia. Alla base del collo sentiva un forte bruciore che le impediva di riaddormentarsi profondamente.

Un sonno profondo era ciò di cui aveva un disperato bisogno. Voleva fuggire a quell'incubo e risvegliarsi nella sua camera da letto con le lenzuola di seta e le sue bambole di quando era bambina.

Sentiva voci oltre la porta, brevi scambi di cui non riusciva a comprendere il significato. Poi la porta si aprì illuminando la stanza con la fredda luce esterna, prima che venisse accesa la lampadina all'interno.

«Come ti senti?» chiese la voce prima che gli occhi di Cathy fossero in grado di riabituarsi alla luce.

«Voglio tornare a casa mia» rispose Cathy in lacrime.

«Non credo che accadrà molto presto, ti conviene non dare problemi. A lui non piacciono i problemi.»

«Cosa volete da me?»

«Hai già avuto qualche ragazzo?»

«Cosa?»

«Hai già scopato ragazzina?»

«No!»

«L'hai mai succhiato?»

«Perché vuoi saperlo?»

«Il mio compito è di prepararti» disse la voce lanciando una banana matura «fammi vedere, come lo faresti?»

«No! Dovete morire tutti quanti bastardi!» urlò Cathy con tutta la rabbia che aveva in gola.

La voce non disse nulla, si diresse verso la porta e bussò col pugno.

La maniglia venne ruotata dall'esterno, il carceriere di Timmy, Bud, apparve sull'uscio.

«Fa i capricci» disse indicando con la mano.

«Ora ci penso io, Fox.»

L'uomo si richiuse la porta alle spalle mentre Fox percorreva il corridoio fino a non udire più le urla di Cathy.

Fox era salita al piano superiore dove le ragazze intrattenevano i clienti, in un locale clandestino conosciuto da una selezionata clientela. Non le piaceva ciò che stava facendo, ma non aveva avuto altra scelta. O lo faceva con le buone o con le cattive. Quando il fuoristrada era apparso sapeva di non avere scelta. Il suo unico rammarico era di aver lasciato tutta quella grana nascosta a casa nelle bottiglie in balia di Scarlet.

Dopo la scomparsa di Newt, Wolf era impazzito dando la caccia a tutti i Devils. Era stato un massacro e avevano speso parte del bottino per arrivare alle persone giuste e per le armi. Bear e Fox lo avevano assecondato, ma quando era giunto il momento della spartizione del bottino Wolf aveva diviso per due. Non si era tenuto nulla per sé, senza Newt non aveva senso aveva spiegato. Aveva noleggiato una roulotte nel mezzo del nulla e si era abbandonato all'oblio. Bear aveva preso la sua parte e se n'era andato, ma Fox aveva presto realizzato che non era mai stata senza qualcuno che la proteggesse e che se ne prendesse cura. Con quei soldi in una borsa di pelle nera non sapeva come ricominciare. Era rimasta sull'uscio della roulotte a lungo mentre Wolf aveva iniziato a scolarsi la prima bottiglia di birra.

L'osservava nella sua incertezza, attraverso il vetro scuro. Si avvicinò a lei.

«Dammi la borsa» disse senza aspettarsi un rifiuto. «Per trovare un posto dove stare e un lavoro ti bastano duemila dollari. Prendi il pick-up, sai come nascondere le chiavi quando non ti senti al sicuro. Quando ti sei sistemata torna qui con una cassetta di bottiglie anonime e vieni a riprendere il resto. Io da qui non mi muovo, se qualcuno vede che vai in giro con tutti quei soldi ti ritrovi in un cassonetto col collo sgozzato prima di domani.»

Così era stato. Tornava ogni due settimane da Wolf, quando i turni lo consentivano, ma non lo faceva per i soldi. Sebbene li separassero pochi anni, Wolf era un surrogato di figura paterna costante e allo stesso tempo del proprio uomo. L'unica nella sua vita. Era andata con Snake per gelosia, era stupido lo sapeva, ma Newt aveva accolto tutte le sue attenzioni. Era passata in secondo piano.

Le mancava Wolf, senza di lui si sentiva persa, specialmente in quel momento. Aveva voglia di andare da lui quando era ubriaco perso e lo spettro di Newt era lontano. Voleva essere ancora la sua donna come quella sera che l'aveva liberata dal suo pappone. Voleva sentire che la desiderava e che la possedeva con forza. Sentirsi posseduta dall'uomo che amava, questo era ciò che di cui aveva bisogno.

«Ho finito» disse il carceriere toccandosi sotto la cintola «c'è mancato poco che me lo tagliasse di netto, ora vedrai che ti darà ascolto.»

«Ora vado» disse Fox spegnendosi una sigaretta. «Che fine ha fatto il tuo biondino Bud? Ho saputo che un cliente gli ha spezzato il collo» avrebbe voluto commentare anche il naso rotto ma non voleva provocare la rabbia del bestione.

«Un bestione vestito di nero, lo stanno cercando. Non appena l'avranno trovato gliela faremo pagare a quel figlio di puttana. Puoi starne certa.»

Fox scese le scale verso le cantine. Succhiarlo a un vecchio ciccione era solo l'inizio di una discesa verso gli inferi.

La trovò in lacrime che singhiozzava sotto shock.

«Ti conviene dare retta a quello che ti dico altrimenti la prossima volta sarà peggio, intesi?»

La ragazza annuì con la testa rannicchiata fra le ginocchia.

«Vedremo.»

«Perché proprio io? Che colpa ne ho?» chiese singhiozzando.


Fox rimase in silenzio. La sera prima aveva posto la stessa domanda.

Era entrata nella sua stanza, l'aveva fatta chiamare da uno dei suoi. Era steso sul divano con una bottiglia di scotch quasi vuota, fissava il soffitto immobile. Fox prese una birra e si sedette al suo gesto della mano. La stanza era illuminata da una lampada da tavolo coperta da una maglietta sporca. La musica, oltre la parete, pompava ma lo spesso muro l'attutiva come un'eco lontana.

«Perché proprio lei?» aveva chiesto Fox spezzando il silenzio.

«Da ragazzo vivevo con mia madre e il suo uomo in una roulotte» iniziò il racconto «non avevamo nulla. Avevo smesso di andare a scuola da tempo. Spacciavo e rubavo stereo dalle auto per rivenderle ai ricettatori. L'unica cosa che mi riusciva bene era disegnare. Facevo qualche graffito dietro la stazione la notte. Un giorno arrivò un mio amico, anche lui spacciava, si era fatto fare un tatuaggio sulla schiena, un'aquila. Ne rimasi incantato, sembrava vera. Gli domandai chi l'avesse fatta e mi disse il suo nome: Cornelius. Feci carte false per entrare nel suo studio come praticante. Non prendeva tutti, ma alcuni miei disegni gli erano piaciuti. Diceva che avevo un potenziale e che era curioso di vedere se si sbagliava. Partii dalle basi, linee, sfumature, studio dei colori. Facevo pratica su cotenna di maiale. Dopo settimane mi sentivo pronto. Ero certo di poter fare il mio primo lavoro su una tela umana, ma secondo Cornelius non ero ancora pronto» afferrò la bottiglia e diede un sorso prima di proseguire. «Un giorno si presentò nello studio una ragazza, la più bella che avessi mai visto. Aveva una pelle bianca e candida. Le gote rosse e lo sguardo innocente. Cornelius mi chiese di disegnare il coniglio della favola di *Alice nel paese delle meraviglie*, lui non perdeva tempo con soggetti di quel tipo. Preparai il disegno e lo consegnai nel giro di un quarto d'ora. La ragazza ne fu subito innamorata, era proprio come lo aveva immaginato. Andai a fumarmi una sigaretta sul retro e dopo poco la vidi. Era in lacrime. Le chiesi cosa fosse successo e mi raccontò che Cornelius le aveva chiesto una cifra troppo alta e che non poteva permettersela. Mi domandò se fossi anch'io un tatuatore. Forse sarei stato la persona più adatta a farle quel tatuaggio visto che il disegno era il mio. Mi offrì duecento dollari e per il resto mi fece intendere che avrebbe trovato il modo di sdebitarsi. Sentii che quella era la mia grande occasione. Presi dal retro gli strumenti e gli inchiostri. A parte il nero l'unico elemento colorato erano gli occhi, rossi. Lo voleva un po' malvagio quel Bianconiglio. Andammo a casa sua, nella sua camera. Il padre sarebbe dovuto essere al lavoro, mi disse. Si sfilò i jeans stesa sul suo letto. Ovunque c'erano peluche della Disney, sembrava una fanatica. Era bellissima, in vita mia non avevo mai avuto una ragazza con una pelle come la sua. Pagò il suo debito e poi ci mettemmo al lavoro. Iniziammo a tratteggiare le linee. Avevamo un paio d'ore prima del rientro del padre, sarebbero bastate, il soggetto non era molto grande. Aveva sofferto in silenzio per tutta la parte del nero, ma quando passammo al colore sentii che i suoi lamenti erano diventati più forti. Iniziò a lacrimare e poi a gridare dal dolore. La sua pelle si stava arrossando estendendosi su tutto il braccio. Era bollente. Più passava il tempo più diventava rossa. Cercai di tranquillizzarla ma era in pieno panico. Iniziò a correre per la casa come una pazza urlando. Si mise sotto la doccia ancora vestita poi svenne dal dolore. La portai in camera sua e la spogliai per metterle qualcosa di asciutto. Non sapevo cosa fare ero terrorizzato e allo stesso tempo scoprii di essere eccitato come mai mi era capitato prima. Sentirla soffrire mi aveva acceso dentro e allo stesso tempo spaventato. Aveva appena diciannove anni e avevo fatto una cazzata. Il cuore mi sparava in testa colpi, non riuscivo più a ragionare. Non sentivo più nulla, mi sentivo esplodere.

Non mi accorsi che la porta di casa era stata aperta. Il padre della ragazza vide l'acqua per terra e la confusione in giro. Quando arrivò nella stanza mi vide sopra la figlia priva di sensi. Fu un miracolo se non mi sparò in quel momento. Vide la ferita della figlia sul braccio e chiamò subito l'ambulanza. Dei rinforzi dalla centrale di polizia arrivarono poco dopo.

Quando l'avvocato d'ufficio venne a parlarmi scoprii che la ragazza era minorenne e che Cornelius si era rifiutato di farle il tatuaggio per quella ragione e non per i soldi, inoltre l'inchiostro che avevo usato aveva una base di peperoncino. Cornelius aveva in seguito detto alla corte che quell'inchiostro lo usava esclusivamente per le prove sulle cotenne di animale o per delle pitture su ceramica, ma mai su persone. Cazzate.

Il giudice Cameron Foster aveva una figlia, come lui stesso ci tenne a specificare durante la condanna, mi diede cinque anni.»

«Cathy» sussurrò Fox.

«Ero giovane e magro, da poco avevo iniziato a radermi la peluria dal viso. Ora ti lascio immaginare che fine fanno quelli come me in carcere.» Rimase in silenzio per qualche istante, poi si voltò per la prima volta verso Fox da quando era entrata nella stanza. «Ora basta parlare, datti da fare» disse slacciandosi i pantaloni.

Fox ritornò con la mente alla realtà, alla cella dove Cathy era prigioniera.

«Ma cosa volete da me? Lasciami andare ti prego...» le parole erano soffocate, stanche.

«Dove hai messo la banana? Ecco, raccoglila e infilala qui dentro» Fox prese dalla tasca un preservativo e lo aprì. «Sai come si fa? Ecco brava. Non sarà bella come prima volta, ma ti assicuro che sarà migliore della mia. Coraggio...» disse mostrando il movimento da eseguire «anche se non ci credi ti sto facendo un favore.»

Stava cercando di prepararla all'indomani, anche se per certe cose non esisteva una preparazione. Il trauma l'avrebbe segnata per il resto della sua vita, forse non ne sarebbe mai uscita. Forse anche lei si sarebbe rifugiata nella droga, in cattive compagnie, avrebbe buttato la sua vita nel cesso, come lei anni prima.

* * *

Era stato un sonno inquieto quello di Wolf. In allerta e pronto a scattare al primo rumore sospetto. Aveva lasciato la stanza all'alba quando il ragazzo della reception doveva finire il turno, queste erano le condizioni. Guidò seguendo le strade secondarie. Aveva bisogno di un'arma, non poteva affrontare quella gente a mani nude. Conosceva un posto dove recuperarne una pulita, senza numero di matricola.

Il banco dei pegni di Chad era, come spesso accadeva, la copertura per lo smercio di armi rubate e di contrabbando. Era gestito da Chad, un reduce del Vietnam, un berretto verde si diceva in giro. Aveva una scheggia di granata conficcata nel ginocchio che non gli permetteva di flettere la gamba. Usava come bastone la canna di un fucile della guerra di secessione adattato per la sua statura con l'impugnatura di madre perla. Al suo rientro dalla guerra, il reverendo Wallace gli aveva trovato un posto di lavoro quando tutti gli avevano voltato le spalle. Gli aveva permesso di tirarsi su e rilevare il banco di pegni qualche anno dopo. Non aveva mai mancato una messa domenicale negli ultimi vent'anni.

A mandare avanti l'attività insieme a lui c'erano i due figli maschi, John e Carl, due teste calde conosciute dalle autorità per risse e guida in stato di ebrezza.

Al suo arrivo trovò Carl, il più vecchio dei due. Era stempiato e con un occhio strabico dietro gli occhiali sottili e i baffi biondi.

«Wolf» esordì dietro il vetro antiproiettile attraverso il microfono «quanto tempo.»

«Carl» salutò senza troppi convenevoli «c'è tuo padre?»

«Due, uno, due... Ormai non ci vede più» disse sogghignando battendo con la nocca su uno dei monitor di sicurezza.

«Okay.»

Wolf uscì e si diresse verso il retro. Un lungo vialetto sterrato portava a una fila di capannoni fatiscenti con saracinesche arrugginite e intonaco a pezzi. Quello di Chad era il sesto sulla sinistra, l'unico con le telecamere di sicurezza puntate sul vialetto e sull'ingresso.

Spinse il bottone a lato prima due volte veloci, poi una prolungata e infine nuovamente due veloci. Se avesse qualche significato nel linguaggio Morse, Wolf non lo sapeva e tantomeno gli interessava.

Venne ad aprire il vecchio con la barba lunga e ormai senza capelli appesantito dal tempo.

«Chi si rivede, ti davano per morto. Entra.»

Pagò per una pistola semi automatica, un fucile a canne mozze e un coltello.

«Sai qualcosa di chi comanda adesso?» chiese Wolf caricando il tutto in una borsa nera.

«Si fa chiamare il Bianconiglio, è un pazzo senza controllo. Nessuno sa che faccia abbia. Non si fa vedere in giro. Sta attirando su di sé parecchia attenzione, oltre a quelli che vogliono impadronirsi del controllo della zona si sta facendo parecchi nemici anche fra le toghe e gli sbirri. Gli pioverà merda addosso fra poco.»

«Lo ammazzerò prima.»

«Questo lo offre la casa» disse Chad porgendo un serramanico con inciso sull'impugnatura in legno un lupo della steppa.

Wolf accennò un saluto con un gesto del capo, poi la saracinesca si richiuse alle sue spalle.

Ora doveva bere.

Si rinchiuse in un bar sedendosi dietro un angolo male illuminato. Ordinò una birra e qualcosa da mangiare. A fianco a sé la borsa con i soldi. Fox non ne aveva spesi molti, aveva mantenuto un profilo basso così come le aveva consigliato.

Chiamò il motel dove era stato portato da Smith e chiese se c'erano messaggi o se qualcuno aveva chiesto di lui.

«Lavanderia ore 21, Smith» lesse dal biglietto il ragazzo messicano.

«Qualcun altro sa di questo messaggio?» chiese Wolf alla cornetta con tono minaccioso.

«*No señor*» rispose con la voce spaventata.

* * *

«Agente speciale Smith e l'agente Mellory dell'FBI, è la signora Hilary Mason?» si presentò Smith mostrando il tesserino.

«Sì, cosa posso fare per voi?» rispose la donna tenendo i due uomini con la porta socchiusa e lo sguardo basso verso le scarpe dei due.

«Avremmo alcune domande da porgerle se non le dispiace.»

«Su cosa?»

«In merito al suo tatuaggio raffigurante il coniglio di *Alice nel paese delle meraviglie*» rispose senza empatia Smith «le porteremo via solo qualche minuto» aggiunse notando l'espressione diffidente della donna.

Hilary esitò per alcuni istanti poi aprì la porta di casa e li fece entrare.

Fu in quell'istante che Mellory si accorse delle ustioni sul braccio coperto dalla porta.

La casa era modesta con mobilio da quattro soldi mal tenuto. Ovunque Smith poteva vedere peluche, figurine e giocattoli dei film d'animazione classici. I sette nani di *Biancaneve*, la volpe di *Robin Hood*, l'elefantino *Dumbo* e tutto il mondo Disney.

Mellory scambiò una veloce occhiata perplessa con Smith di fronte a quella scena.

«Vive da sola signora Mason?» chiese Smith sedendosi sulla sedia di legno di fronte la donna.

«Sì, da quando è morto mio padre qualche mese fa» la donna rispondeva guardandosi attorno senza mai fissare gli agenti dritti negli occhi. Aveva circa trent'anni, ma a prima vista Smith ne avrebbe attribuiti almeno dieci di più. Era trascurata e senza trucco. Sul mobile vicino all'ingresso Smith aveva visto una foto che la ritraeva adolescente col padre in divisa. Nella foto il braccio non aveva segni di ferite. Non c'erano altre foto nella casa, almeno per la parte visibile agli agenti.

Un odore pungente di urina aveva fatto storcere il

naso di Mellory che iniziò a cercare la presenza di un gatto o un altro animale domestico.

«È la gabbia di un coniglio?» chiese Smith indicando una scatola coperta da un telo.

«È il Bianconiglio, vive con me.»

«Conosce una di queste persone?» chiese Mellory sfilando dalla tasca della giacca la fotografia di Cornelius con il suo gruppo di apprendisti.

La donna guardò la foto senza afferrarla poi voltò lo sguardo iniziando a oscillare con lo sguardo perso.

«Segui il Bianconiglio, segui il Bianconiglio» ripeteva in stato confusionale.

«Hilary, ascolti la mia voce» Smith si era avvicinato a lei per tranquillizzarla «siamo qui con lei, non ha nulla di cui preoccuparsi» nel pronunciare quelle parole le sfiorò il braccio e la donna scattò in piedi.

«Anche lui lo diceva di non preoccuparsi» sussurrava tenendosi il braccio ustionato con la mano destra. «Andate via!»

Mellory e Smith si alzarono e uscirono dalla porta. Dalla gabbietta qualcosa si stava dimenando contro le sbarre fino a far cadere il telo.

Un coniglio bianco con gli occhi rosso fuoco sembrava essere impazzito.

«Ora se ne vanno, ora se ne vanno, ci lasceranno in pace» cercava di tranquillizzarlo la donna inginocchiata di fronte la gabbia metallica.

Smith richiuse la porta alle sue spalle.

«Fai ricerche su di lei, ospedali della zona, polizia, servizi sociali. Voglio sapere la sua storia. Qualcosa verrà fuori. Fermati alla prima cabina telefonica che incontri.»

Mellory rimase seduto al posto, in attesa, mentre Smith spariva dietro a un camion. Finito il rifornimento il mezzo aveva liberato la visuale e poté riconoscere l'agente speciale nella cabina intento a comporre il numero. Non aveva dovuto guardare sull'agendina che aveva con sé, era andato a memoria, un gesto automatico.

Vedeva le sue espressioni tese e scomposte, così distanti dal suo modo di mostrarsi. Aveva tirato un pugno al telefono a gettoni per poi sbattere la cornetta e urlare qualcosa al microfono prima di riagganciare. Mellory aveva rivolto lo sguardo verso il suo blocco degli appunti, non voleva che Smith intuisse che lo stava osservando.

Vide il collega entrare in un mini market e uscirne con delle ciambelle e del caffè.

Della bestia che si era dimenata nella gabbia non era rimasto nulla, era tornato a essere l'uomo composto e dal tono regolare.

«Passiamo dal motel a vedere se il nostro amico Wolf è ancora nei paraggi a spese dei contribuenti.»


* * *


La lavanderia si trovava a circa trecento metri dal motel. Quando Wolf entrò non c'era nessuno eccetto Smith.

Era seduto con il suo completo nero e la camicia provata da una giornata di lavoro. Aveva la barba leggermente ispida e il colorito pallido.

Wolf si sedette al suo fianco lasciando un posto libero fra di loro.

«Alla reception hanno detto che ha avuto visite impreviste» domandò senza attendere una risposta «e alla polizia hanno il cadavere di un ragazzo nudo col collo spezzato marchiato con lo stesso tatuaggio di Rebecca, un afro americano con precedenti, morto dissanguato nei pressi della ferrovia e la denuncia di scomparsa di una ragazza di sedici anni figlia di un giudice della contea. Sa dirmi qualcosa al riguardo?» Smith notò solo per quell'ultima affermazione una leggera increspatura nello sguardo di Wolf.

«Non cerco guai.»

«Meglio così, questo è il numero dell'ufficio. Se ha qualche informazione in più per l'indagine loro me la faranno avere.»

Wolf si limitò a prendere il biglietto da visita e metterlo in tasca prima di avviarsi verso l'uscita.

«A me manca ancora un quarto d'ora» commentò Smith allungando le gambe in una posizione più comoda rivolto verso una macchina in funzione «in bocca al lupo» salutò con ironia enfatizzando l'ultima parola.

* * *

Sul monitor della televisione prendeva forma l'immagine di un uomo. La didascalia riportava "Giudice Cameron Foster, padre di Cathy", al suo fianco una donna si asciugava le lacrime con un fazzoletto di stoffa bianca.

«Offriamo una ricompensa a chiunque sarà in grado di fornirci informazioni utili al ritrovamento di nostra figlia Cathy. Al momento della scomparsa indossava...»

«Credo proprio che non riceveremo la ricompensa...» commentò una voce roca.

Nel monitor a fianco c'era la ragazza. Cathy era sotto l'effetto dell'eroina con lo sguardo perso nel vuoto e il capo che ondeggiava a ogni colpo inferto.

L'uomo dietro di lei emise un verso simile a un suino mentre le stringeva i fianchi con forza e lasciò il posto a quello dopo di lui nella fila.

In basso a destra un pallino rosso con la scritta REC pulsava da trenta minuti.

* * *

Alle due di notte il pick-up di Wolf si avvicinò con i fari spenti al parcheggio dei centri commerciali *Dawson* mantenendosi a distanza.

La roulotte era parcheggiata nello stesso punto di due notti prima, così come il resto delle attività che animavano il piazzale.

A sorvegliare tutto c'era il fuoristrada nero con i vetri oscurati.

Riaccese il motore del pick-up e si appostò mezzo chilometro più a sud con i fari spenti fra gli arbusti. Rimase in attesa con la visuale ben chiara sulla statale.

Passarono due ore poi il fuoristrada si mosse, era il primo, gli altri lo avrebbero seguito poco dopo.

Sfrecciò davanti a Wolf che lentamente tornò sulla carreggiata con i fari spenti per poi riaccenderli alla prima curva. Si teneva a distanza di sicurezza per non attirare la loro attenzione. Attraversarono la città in direzione delle case popolari. Uno di loro scese dal sedile posteriore e chiuse la portiera. Scambiò qualche parola con l'uomo seduto al posto del passeggero e si incamminò a piedi. Il fuoristrada proseguì svoltando all'incrocio.

Wolf si fermò nello stesso punto in cui si era fermata poco prima l'auto e si infilò la pistola dietro la cintura. Seguì l'uomo cercando di nascondersi nella penombra. Era sceso al livello del parcheggio sotterraneo e lo stava attraversando con in mano un mazzo di chiavi che faceva roteare sul dito medio come un pistolero del Far West. Salì e si sedette al posto di guida. Wolf lo raggiunse e aprì la portiera di scatto per poi affondare il braccio in una presa che andò a vuoto.

Si chinò per guardare dentro l'abitacolo ma non vide nessuno.

«Cercavi qualcuno?» disse una delle tre ombre alle sue spalle prima che un colpo alla nuca gli facesse perdere i sensi.

Cadde a terra pesantemente, lo trascinarono dentro il portabagagli del fuoristrada dopo avergli legato i polsi. Ci vollero sei braccia per tirarlo su a peso morto e riversarlo dentro.

* * *

Mellory aveva in mano un fascicolo con dei fogli appena sfornati dal fax.

«Novità sulla foto?» chiese Smith senza distogliere l'attenzione dal bicchiere di birra.

«Abbiamo una lista parziale con sette nomi, alcuni volti sono troppo sfuocati per un riconoscimento, la maggior parte sono stati identificati tramite i tatuaggi sulle braccia, tutti con precedenti» Mellory passò la lista sul bancone.

Smith scorse col dito i nomi nell'elenco, i primi quattro erano quelli ancora in vita, il quinto stava scontando una pena a dieci anni mentre gli ultimi due erano morti.

«Vicolo cieco» concluse. Prese la birra e la terminò «a domani Mellory.»

«Smith.»


Smith prese in mano la cornetta del telefono. Compose il numero.

Rispose Sarah.

«Chi è?» chiese la bambina.

«Sono io amore mio.»

«Mamma, è papa!» gridò lontana dalla cornetta.

«Sarah il papà ti vuole soltanto dire che ti vuole bene e che per qualche tempo non potrà ancora tornare a casa ma che ti pensa sempre e sei nel suo cuore.»

«Ma papà...»

«Ti va se ti racconto una storia?» propose per farle cambiare umore.

«Sì...»

«Ti ricordi la storia del lupo che stava dando la caccia alla creatura mostruosa? Beh ecco, il lupo ha attraversato le montagne e il deserto alla sua ricerca. Chiede a tutti quelli che incontra sul suo cammino e alla fine scopre che si tratta di un co...»

«Un coccodrillo!»

«Sì un coccodrillo e dopo che l'ha ucciso il fattore con la sua pelle ci ha fatto fare una borsetta.»

«Come quella della mamma!»

«Proprio come quella, ora devo andare. Ti voglio bene.»

«Buona notte papà.»

* * *

Wolf era legato alla sedia con i polsi dietro la schiena e il busto rivolto in avanti.

I capelli gli coprivano il volto. Una secchiata d'acqua lo riportò in vita.

Non sapeva dove si trovasse, di fronte a sé un piccolo televisore collegato a un videoregistratore.

La stanza era illuminata dallo schermo grigio con un fermo immagine sfuocato.

«Potevi avere tutto e noi ti avremmo seguito» iniziò una voce alle sue spalle «ma lei ti ha fatto diventare una fighetta. Ti sei accontentato. Hai perso lo smalto Wolf, sei diventato un cane addomesticato da una ragazza che per te non rappresentava nulla, brutto figlio di puttana!» seguì un pugno sullo zigomo che fece ruotare di scatto il volto di Wolf. «Ci hai tradito! Tu e il tuo sogno di una casa in montagna... Cazzate! Tu sei una bestia e le bestie non le addomestichi, MAI. Avranno sempre l'istinto di uccidere e prevalere sui deboli.»

«Monkey... brutto figlio di puttana... ti conviene uccidermi subito...» disse Wolf stringendo i denti e contraendo i muscoli.

«Tienigli su la testa» ordinò Monkey a una seconda figura rimasta fino ad allora nella penombra.

Bear afferrò un guinzaglio da cane di grossa taglia e lo strinse attorno al collo di Wolf abbassando lo sguardo. Prese una catena appesa al muro e l'agganciò al collare per tenere il capo di Wolf dritto di fronte il monitor.

«Non avrei voluto arrivare a così tanto, ma la stronza aveva letto il labiale fra me e Bear e questo era un problema. Wolf incazzato non è un bello spettacolo, te lo ricordi che fine ha fatto Bull? Cazzo mi ero cacato sotto quella volta» chiese rivolto verso il compare. «Allora ho pensato, perché non indirizzare questa rabbia sulla concorrenza? Ci hai fatto un bel regalo ripulendo la zona da quei motociclisti. Vedi avevo ragione, potevi farlo ma lei ti frenava, avevi bisogno di un incentivo» prese in mano il telecomando e avviò la riproduzione.

La scena era scura, l'inquadratura mossa.

«Dovrai perdonarmi, la qualità non è delle migliori, ma ho fatto grandi progressi con l'attrezzatura professionale. Vedessi che studio ho messo su nell'altra stanza» disse battendo sulla parete. Si avvicinò al tavolo e tirò una striscia di coca.

Sul monitor l'immagine si era stabilizzata. La videocamera doveva essere stata appoggiata su un ripiano. Poi nell'inquadratura era apparsa Newt con il viso spaventato.

«Il brutto di quando torturi una persona muta è che non dà molte soddisfazioni quando prova a urlare. Io le chiedevo se dovevo fare meno forte ma non rispondeva» Monkey rideva in modo isterico e scomposto.

Wolf aveva chiuso gli occhi ma non poteva smettere di sentire i lamenti di Newt. Si era trasformato in bestia idrofoba, pura rabbia e odio. Una bestia che avrebbe voluto scagliarsi e dilaniare le loro carni.

«Faglielo vedere fino alla fine, il finale è la parte migliore. Poi ammazzalo» ordinò a Bear.

Monkey era uscito dalla stanza mentre Bear era rimasto seduto a distanza con la pistola puntata verso Wolf, pronto a sparare se avesse fatto un solo passo falso.

Wolf sembrava in trans, tirava col collo il collare tendendo la catena. Cantava una cantilena per coprire il suono che sentiva dal monitor. Si fermò solo quando la porta si aprì illuminando la stanza.

* * *

Fox era sul retro del caseggiato a fumare, si sentiva in colpa per quello che aveva fatto alla giovane Foster. Quel trauma l'avrebbe segnata per tutta la vita, come era accaduto a lei alla sua età. Le tremava la mano, avrebbe voluto ubriacarsi e drogarsi fino a svenire, ma doveva assicurarsi che la ragazza non facesse sciocchezze. Era stata trasferita nel nascondiglio in attesa del riscatto. In quel momento un uomo in motocicletta stava depositando la videocassetta nella cassetta delle lettere dei Foster. Una volta ricevuta la conferma della consegna, Monkey avrebbe chiamato la famiglia di Cathy da una cabina e gli avrebbe dato le istruzioni per riavere la figlia dopo aver pagato il riscatto. La polizia doveva rimanerne fuori. A metà del filmato sarebbe apparso un foglio con l'indirizzo e l'orario. Centomila dollari, biglietti di piccolo taglio. Una transazione veloce.

Vide il fuoristrada avvicinarsi lentamente. Bear e altri due della banda stavano tirando fuori qualcosa di pesante dal portabagagli. Si era nascosta dietro una catasta di legno. Riconobbe Wolf solo quando le passarono a fianco a pochi metri di distanza.

Quando tornò nel sotterraneo notò che la porta della cella a fianco a quella di Cathy era chiusa. Rimase a origliare attraverso il muro sottile. Sentiva le parole di Monkey chiaramente, doveva essere molto vicino alla parete. Bear era con lui, poteva sentire i passi degli altri due scricchiolare sulle travi del soffitto. Si spaventò nel sentire battere contro la parete e si allontanò per qualche istante. Monkey non poteva averla sentita.

Rimase col fiato strozzato in gola. Cathy era ancora sotto l'effetto dell'eroina stesa a terra.

Monkey aveva smesso di parlare. La porta aveva cigolato e poi aveva sentito bussare alla cella di Cathy.

«È viva?» chiese Monkey dall'altra parte della porta.

«Sì» rispose Fox senza aprire.

«Non perderla di vista» ordinò Monkey risalendo al piano superiore.

Attese qualche istante, i suoi pensieri di tossica erano confusi, non sapeva cosa fare ma senza rendersene conto era piombata nella cella di Wolf.

«Si è chiusa dentro, non riesco a entrare! Sfonda la porta! Ho lasciato il coltello dentro! Potrebbe fare una pazzia! Veloce!» improvvisò.

Wolf era lì seduto che con le palpebre socchiuse, la guardava inespressivo.

Bear dapprima esitò sul da farsi fissando prima Fox e poi Wolf.

«Merda!» esclamò passando la pistola a Fox «se si muove spara!»

Si precipitò verso la porta di Cathy pronto a caricare un calcio ma si accorse subito che era già aperta. Si voltò verso Fox confuso, ma un colpo lo centrò in mezzo alla fronte.

Nessuno al piano di sopra ne fu sorpreso, Wolf doveva essersi ribellato o Bear si era stancato di fargli da cane da guardia.

Fox liberò Wolf dalla catena e gli slegò i polsi. Si alzò in tutta la sua imponenza. Non pronunciò una sola parola. La guardò negli occhi. Questa volta Fox era certa che l'avesse riconosciuta. Le sfilò la pistola dalla mano. «Mettiti in salvo» e la sostituì con una chiave legata a una targhetta verde.

Diede un calcio al monitor che stava ancora riproducendo l'immagine di Newt. Fox si sentì gelare il sangue vedendo il volto dell'amica nei fotogrammi.

Questa volta rumori di passi presagivano problemi.


* * *


Scese lungo i gradini uno dei due scagnozzi con la pistola puntata. «Cos'è stato quel rumore?»

«Tutto ok, Bear ha fatto cadere la TV» disse Fox senza uscire.

«Il capo si incazzerà parecchio» commentò abbassando l'arma. Wolf uscì a gamba tesa dalla cella di Cathy colpendo il braccio armato e facendo cadere la pistola. Afferrò per la nuca l'uomo e lo spinse contro il proprio ginocchio con violenza. Una volta tramortito gli spezzò il collo di netto facendolo cadere a terra inerte.

Si diresse al piano di sopra pronto a fare fuoco contro qualunque cosa si fosse posta sul suo cammino.

Bud, il custode della roulotte, era col petto nudo abbandonato sul divano con le braccia larghe. Il viso era illuminato dallo schermo acceso con sottofondo di gemiti. Quando sentì la porta della cantina aprirsi non distolse lo sguardo dalla scena, ma la sua attenzione fu catturata dalla forma alta e scura che non corrispondeva a quella che si aspettava di vedere tornare.

Alzò lo sguardo il tempo necessario a riconoscere il volto dell'uomo che gli aveva sfondato il naso la sera prima. La sua gola si contrasse per emettere un suono ma il proiettile sparato nel petto fu più veloce. Il colpo echeggiò in tutto il casolare.


Monkey aveva appena agganciato il telefono. Il suo uomo aveva consegnato la valigetta con le istruzioni, tutto stava andando come previsto.

Lo sparo nella stanza adiacente l'aveva preso alla sprovvista facendolo sbattere contro il tavolo. La lampada cadde a terra frantumandosi. Aveva rivelato la sua posizione.

Afferrò la pistola che aveva nel cassetto, era una vecchia Smith & Wesson a tamburo. Udì i passi pesanti gravare sulle vecchie assi di legno. Tirò il cane della pistola e si preparò a sparare. Riusciva a sentire la sua presenza dietro la porta.

«Chi c'è?» ma la sua domanda non ebbe risposta.

Il braccio era teso e puntato, pronto a scaricare i sei colpi al primo movimento. La gola era arsa, faceva fatica a deglutire. Fuori dalla finestra era ancora buio, il sole sarebbe sorto di lì a poco. Bastò il verso di un uccello per fargli scattare i nervi e premere il grilletto.

Sparò senza tregua centrando la porta nel mezzo in una rosa stretta. Le assi si spezzarono lasciando intravedere oltre. Quando il grilletto sparò il settimo colpo a vuoto Wolf sfondò la porta con la pistola puntata. Monkey gli scaraventò contro la sua arma scarica ormai inutile, ma lo mancò.

A metà della distanza che lo separava da Monkey, Wolf lasciò cadere a terra la pistola e lo placcò scaraventandolo fuori dalla finestra. I vetri esplosero ovunque. Monkey era caduto di schiena su alcuni pezzi che gli avevano lacerato la carne. Wolf spazzò via quel che rimaneva della finestra e lo raggiunse. Aspettò che Monkey si alzasse da terra per fuggire e lo colpì violentemente con lo scarpone nella schiena. Questi ricadde a terra a faccia in giù senza fiato. Wolf lo afferrò per i capelli e lo voltò. Una pioggia di pugni lo colpirono sul volto e sul petto. Tutta la rabbia che aveva in corpo fu riversata verso l'assassino di Newt. Schegge d'osso si erano conficcate nelle nocche delle mani ma questo non l'aveva fermato. Il volto di Monkey non era più riconoscibile. A ogni colpo in più che sferrava il corpo teso di Monkey si lasciava andare inerte. Quando non ebbe più forza nelle braccia si fermò.

«Wolf» disse Fox alle sue spalle «è morto.» Gli appoggiò la mano sulla spalla. «Andiamocene via lontano da qui.»

Wolf si guardò i pugni insanguinati, poi si voltò verso Fox senza dire nulla.

«Ti aiuto» la ragazza lo aiutò a tirarsi su. «Andiamo.»

Lei lo abbracciò con gli occhi lucidi, avrebbe voluto scoppiare in lacrime e piangere senza freni.

«Non credo proprio» disse una voce fredda alle loro

spalle.

Fox si voltò di scatto.

«Jimmy?» la voce della donna era strozzata alla vista dell'agente speciale Smith.

«Pensavi davvero di fottermi così?» disse puntando la pistola d'ordinanza verso i due.

«Non è come credi, posso spiegarti.»

«Dove sono i soldi e dov'è l'eroina?» l'agente aveva puntato l'arma dritta contro Wolf. «Dimmelo o ammazzo il tuo grande amore.» Il suo tono di voce era calmo e lucido in modo innaturale.

«Jimmy non lo so, mi hanno costretto a seguirli io...»

«Risposta sbagliata» il colpo raggiunse Wolf in pieno petto abbattendolo come una quercia secolare.

«Te lo chiedo un'altra volta, dove sono i miei cazzo di soldi e la mia eroina?» domandò avanzando lentamente.

«Jimmy non lo so, devi credermi» il volto di Fox era segnato dalle lacrime. Si lasciò cadere sulle ginocchia.

«Ti amavo brutta puttana, ho lasciato la mia famiglia per te ma mi hai fregato...» Smith aveva raggiunto Fox. La canna della pistola le sfiorava i capelli. Lei era rivolta verso il corpo inerte di Wolf. Quella fu l'ultima immagine che vide.

Un secondo colpo seguì. Passò da parte a parte il cranio di Smith.

* * *

«Quindi Mellory» chiese il superiore tenendo in mano il rapporto dell'agente «i nostri sospetti che Smith avesse sottratto l'eroina, per rivenderla sul mercato e fuggire, erano concreti.»

«Esatto Signore. Smith aveva intrapreso una relazione con Elisabeth Portman, meglio conosciuta come Fox. Per lei aveva lasciato la moglie e la figlia di sei anni. Con i soldi della vendita dell'eroina sarebbero scappati in Brasile. Si ritiene che Fox l'avesse raggirato e si fosse rivenduta la droga con i suoi ex compagni di banda, le Bestie. Dall'indagine è emerso che Francis Jackson, detto Monkey, avesse simulato la propria morte durante l'incendio al covo delle Bestie lo scorso dicembre. Il cadavere rinvenuto è stato poi attribuito a Jack Silver, detto Snake, uno dei componenti della banda scomparso da allora.»

«Come ha fatto Smith a risalire al caseggiato abbandonato nel bosco?»

«Quando abbiamo chiesto a Quantico di identificare le persone ritratte nella foto fornita da Cornelius, c'era anche il nome di Monkey. Ho fatto finta di non accorgermene per vedere la reazione di Smith. Ha effettuato delle ricerche sulle proprietà dello sceriffo Mason, il padre della ragazza deturpata da Monkey da giovane. L'uomo è infatti deceduto a pochi giorni dal presunto incidente stradale che costò la vita allo sceriffo. Riteniamo abbia preso possesso della proprietà conoscendo le condizioni psichiche della figlia dello sceriffo.»

«Perché dice "presunto" incidente?» contestualizzò il superiore sfogliando il rapporto.

«Riteniamo che Monkey avesse covato rancore per lo sceriffo e il giudice Foster, il padre della ragazza scomparsa. Lo stesso che condannò Monkey a cinque anni di reclusione. Ai tempi l'uomo aveva diciannove anni. È stato proprio in quell'occasione che Monkey, più volte finito in infermeria per aggressione ha conosciuto, Russell 'Bear' Warner prima, e Kurt 'Wolf' Wallace in seguito. Fu proprio quest'ultimo a diventare il leader del gruppo negli anni a seguire.»

«Quindi si è trattato di rapimento non solo a scopo di riscatto, ma di vendetta...»

«Esatto Signore.»

«Altri indizi che ci possano portare sulle tracce di Cathy Foster? Il giudice sta alzando un polverone che non può immaginare Mellory.»

«Nessuno Signore, abbiamo rinvenuto sangue della ragazza nello scantinato del casale ma di lei nessuna traccia.»

«Maledizione, siamo a un vicolo cieco. Se Monkey e la sua banda sono morti, l'unica ipotesi plausibile è che sia stata uccisa e il cadavere occultato nei boschi.»

«È plausibile, Signore.»

«Va bene Mellory, ho saputo che ha chiesto un'aspettativa di tre mesi.»

«Sì, Signore, vado ad accudire mia madre. Le restano pochi mesi di vita e ha solo me» rispose Mellory sulla porta.

«Sì certo, la famiglia prima di tutto.»


Mellory si avviò lungo le scale di servizio e scese al secondo livello sotterraneo fino alla sua auto. Percorse la statale per cinquanta miglia. Si fermò nel parcheggio della stazione degli autobus. Scese dall'auto e si diresse verso la biglietteria, la superò fino a raggiungere gli armadietti. Sfilò dalla giacca la chiave con la targhetta verde e il numero ventitré inciso in color argento. Ne sfilò il contenuto, una borsa di pelle nera.

Giunto a casa della madre salì le scale che portavano

al piano superiore. Appese alle pareti c'erano le foto di lui da piccolo con i genitori durante le vacanze in Florida.

«Sei tornato Bill» disse la madre con la voce sottile. Era sdraiata sul letto, al suo fianco la sedia a rotelle a cui era legata da qualche anno. Era priva di forze per via della malattia che l'aveva consumata. Aveva deciso di trascorrere gli ultimi giorni che le rimanevano nella casa dov'era vissuta per più di quarant'anni. Aveva insistito per avere un'infermiera che la seguisse, ma Bill aveva preferito prendere dei mesi di aspettativa e restarle accanto.

«Sì mamma, ti va del brodo di verdure per cena?» chiese Mellory sistemandola nel letto.

«Sì figliolo, mi dispiace...»

«Non dire altro, va bene così» la interruppe Mellory «se hai bisogno suona il campanello. Ti serve altro?»

«No grazie Bill, sei sempre stato un bravo ragazzo.»

«Ora riposati, ti vengo a svegliare per cena. Ti preparo anche della frutta cotta.»

Mellory si chiuse la porta alle spalle e scese in cucina. Prese dal frigo una bottiglia di birra. La borsa nera era appoggiata sul tavolo, semi aperta, al suo interno le banconote che Wolf aveva recuperato dalle bottiglie a casa di Fox.

Si sbottonò la camicia lasciando scorgere alcune cicatrici alla base del collo e accese la televisione su un canale che dava film di guerra in bianco e nero così come faceva sempre suo padre quando rientrava a casa dopo il turno in fabbrica.

Il sergente Mellory, suo padre, aveva partecipato nel 1950 alla guerra di Corea. Era stato catturato fin da subito durante una missione di ricognizione. Era stato tenuto prigioniero insieme ad altri due commilitoni per quattro mesi, prima di venir rilasciato a seguito di uno scambio con altri prigionieri coreani.

Bill Mellory aveva appena sette anni quando il padre era ritornato a casa completamente cambiato. L'uomo che ricordava, allegro e giocoso, era diventato un uomo capace di scatti d'ira furiosi alternati ad attacchi di panico. Aveva iniziato a bere, come spesso accadeva in quei casi, per sfuggire agli incubi e alle paure che si era portato dietro. Durante la notte si riuscivano a sentire le sue grida nel sonno. Bill, ancora troppo piccolo, riuscì a capirne il senso solo anni dopo. Aveva da poco compiuto diciotto anni quando trovò appeso al soffitto il padre. Rimase a fissarlo per ore fino a quando la madre tornò dal lavoro. Quel mondo di sofferenza in cui il padre era caduto e da cui non era riuscito a riemergere, gli era rimasto dentro e allo stesso tempo lo affascinava.

Se tu scruterai a lungo in un abisso, anche l'abisso scruterà dentro di te.

Quelle parole di Nietzsche gli erano rimaste impresse nella mente. Si arruolò nell'esercito lo stesso anno, durante la guerra in Vietnam, e nessuno sa dire se lo avesse desiderato o meno, venne a sua volta catturato dai Vietcong. Portava ancora sul petto e sulla schiena i segni di quel periodo di privazione e sofferenza.

Alzò il volume di qualche tacca e scese le scale che davano sullo scantinato.

Prese in mano il lucchetto a combinazione che teneva chiusa la porta. Fece scorrere i polpastrelli sugli ingranaggi numerati. 1963, l'anno in cui era morto il padre. Il meccanismo scattò senza resistenza. La porta si aprì illuminando la piccola cella.

«Hai fatto la brava, Cathy?»

www.koipress.it

# Altri titoli dell'autore editi da Koi Press

*Constantin*

*Kebap in Okinawa*

*Il dilemma del fauno*

*L'esibizionismo del fato*

*Gushi*

*Aldilà del confine*

Stampato per Koi Press da CreateSpace.com nel novembre 2016